ヤヌスの陥穽（かんせい）

武山祐三

国家を嵌（は）めた
日本での陰謀の連鎖と
メディア・財務省・中央銀行制度の欺瞞

明窓出版

序　章

1

　1910年11月の、小雪のちらつく肌寒い夜、ニュージャージー鉄道のとある小さな駅を出発した、特別仕立ての列車があった。そのキャビンには数人の極めて重要な人物が乗り込んでいた。夜陰にまぎれてあたりの静寂に溶け込むように、ひっそりとしかも厳重に秘密が守られて、ある目的地に向かっていた。

　その目的地とは、ジョージア州ブランズウィック。そこは太西洋に面した小さな漁村で、人口は数千人のまったく目立たないうら寂びれた田舎町である。彼らはそこで列車を降り、待ち受けていたランチに乗り込み、すぐ向かいの沖合いにある小さな島に向かった。滑るようになめらかに動き始めた、小さな漁村にはまるで似合わない豪華なランチだけがその場の雰囲気を際立たせていたが、それに気づく人もなかった。

　その島の名は「ジキル島」といい、少し前にJ・P・モルガンとそのパートナー数人が購入し、秋から冬にかけて北部の厳しい寒さを逃れ、カモやシカを撃ちにやってくるようになっていた。

人里離れた島のロッジでは、9日間に亘る歴史的な話し合いが行われた。それは極めて厳格に守られた秘密の中での事であった。各人の名前はファーストネームか偽名で呼ばれ、いつもいる管理人や使用人は休暇を与えられ、その代わりにこの集まりのために全くの新顔が慎重に選ばれた。これほど秘密が外部に漏れることを極端に恐れた会合は、歴史上そうざらにはなかったであろう。そこに集まったのは残っている記録によれば、次の7人である。

1. ネルソン・W・オルドリッチ（共和党上院議員＝「院内幹事」でJ・D・ロックフェラーJrの義父）
2. エイブラム・ピアット・アンドリュー（連邦財務次官補）
3. フランク・A・ヴァンダーリップ（当時最大の大物銀行家＝ロックフェラーを代表）
4. ヘンリー・P・デイヴィソン（J・P・モルガン商会上級パートナー）
5. チャールズ・D・ノートン（J・P・モルガン関連銀行の頭取）
6. ベンジャミン・ストロング（同上社長）
7. ポール・M・ウォーバーグ（ロスチャイルドの代表）

〔ここまでの項はG・エドワード・グリフィン著「マネーを生みだす怪物」（草思社・刊）を参照〕

一

草野三四郎は、何もするあてのない土曜の昼下がり、車庫から車を出し、10分ほどの近くの本屋に向かった。

探す本が特にない時、本屋のぎっしり詰まった書棚を眼で追いながら、書名を見るだけでその中身を想像することは、ちょっとした頭の刺激になる。著者が記憶にある人の場合、かつて読んだ文章をできるだけ思い出すように努力してみる。40代を越して、少し老いの自覚が生まれ始めた三四郎には、その行為が認知症を防止する、ささやかで心もとないが、一種の予防策のような気がするのである。

そうこうして、ある本棚の前をうろついていると、書架の中ほどの棚で一冊だけポツンと置かれた本が眼に入った。部厚いペーパーバックだった。手に取ってパラパラめくっている内に、20数年前に読んだ本の記憶が突然甦った。哲学者・阿部次郎の書いた「三太郎の日記」という、この本と全く同じようなペーパーバックであった。三四郎が「三太郎の日記」という書名にひかれた訳ではない。当時の青臭い、思索好きの青年が一度は読まなければならないとされたバイブルだったから、三四郎もつられて読んでいただけである。ただ、その本の冒頭の部分だけは頭に残っていた。

「……実現を断念した悲しき人格の発表―ここに『痴』の趣がある。痴者でなければ知らぬ黄昏の天地がある。……我らには未来に対する楽しき希望がある。しかし、我らには取り返さねば立ってもいても堪らぬ程の口惜しい過去もないことはない……」(痴者の歌)

この文章で、この三太郎の心持を自分に重ね合わせ、そして当時の青春時代の様々な出来事を思い出していた。ただ、あの時の感慨はもうほとんど記憶にない。記憶にはないが三四郎にはあの本の雰囲気だけは思い出すことができたのである。

ペーパーバックの本は印刷用紙の都合で上部が不揃いになっている。彼は子供の頃から本が好きであった。本の中には、何かとてつもない秘密が隠されていて、読む事でその秘密が陽の目を見る事ができるようになる、自分のものになる、そう信じていた。そして、不揃いになった本の上部を指先で撫でては得意になっていた。

本のページをパラパラとめくるうち、これだけの記憶が一瞬のうちに甦ってきたのである。だから、彼はろくに内容を吟味する事もなく買うことにした。レジでは若い男が店番をしていた。本を渡すと、一瞬怪訝そうな表情を浮かべて、チラと三四郎を見上げたが、何も言わず、レジスターのキーをたたき「２９４０円になります」と告げた。彼は黒い、カードばかり多く入った、その割には札が少ない、パンパンに膨れた財布から三千円を抜き出して本代を支払い、店員から本とつり銭を受け取って、黙って本屋を出た。その時、愛想のわるい店員と、変な本を買うな、という怪訝な表情をされたのを、前にもどこかで経験したのを思い出し、記憶を手繰ってみた。

そうだ、あれは7月に所用で立ち寄った大阪本町の紀伊國屋書店だった。たまたま、「ナグ・ハマディ写本～初期キリスト教の正統と異端～」という、いかめしいタイトルの書籍を買った時だった。その時、ハードカバーではあるが、小ぶりな本にしてはちょっと高いな、と思ったが捜していた本でもあり、別に迷いもせずレジに向かった。店員が図書カードと残額の現金を清算する時、左手で器用に伝票を書くので、何気なく「器用に字を書くね」と声をかけたが、冷やかしと思ったのか、ニコリともせず、ただ事務的に「ありがとうございました。またお越しください」といって本とレシートを彼に渡し、すぐ後ろで待っていた次の客の対応に移った。ただその時、一瞬だがその店員の無表情な中にも、へぇ、変な本を買うな、という怪訝そうな表情がかすかに浮かんだのを、三四郎は見逃さなかった。

深夜2時頃、三四郎はたった今読み終えたばかりの本の内容を頭の中で反芻していた。がらんとした人気のない殺風景な部屋の中で、大の字になりながら、枕もとの黄色いスタンド型の白熱電灯のあかりで、少しばかり眼をしばたたせながら考えていた。

三四郎は銀行員である。40代を少し過ぎた今もまだ独身を通している。この頃では、それも気ままでいい身分だと思っている。しかし、結婚したくなかった訳ではない。これまでにも2度、3度と結婚直前までいった事はあったが、何か不可解な事情がおこってその都度破談になった。もしかすると、彼の心の底には、積極的に女性に接するのを躊躇う何かがあるのかも知れなかった。

だが、そんな事よりもいま三四郎の心を占めているのは、自分が働いている銀行に対して巨額の公的資金が突然注入され、一気に国有化とも言える事態に陥ってしまった事だ。いまから3年前のことである。全くあり得ない、考えられない話だった。彼はこの銀行に就職した時、両親は、これで生涯安心だ、安心してさきゆきの面倒を見てもらえる。いい所へ就職してくれた、とたいそう喜んでくれたものだ。その両親も既にこの世にいない。息子が結婚しなかったのは大いに心残りだったようだが、別に苦にする事もなく世を去った。だが、まさか息子が勤めている、大阪でもトップの老舗銀行が、破綻という憂き目に会うとは予想もしていなかったに違いない。

そのきっかけは、ニューヨーク支店の行員が、資産運用に失敗して巨額の損失を出した時からだった。それから後は、まさに坂道を転げ落ちるように、銀行経営は悪化し、不良債権の山を築いてきた。折からのバブル崩壊と重なった事も不運だった。

しかし、彼には政府の唱える「金融再生プログラム」の意味が全く不可解だった。このプログラムの二大骨子は「資産査定の厳格化によって、不良債権の処理を加速させる」ことと、「自己資本の充実」の名のもとに資本勘定に繰り入れられている「繰延税金資産」を圧縮する事だった。だが、この二大骨子は互いに矛盾する大きな誤りだと三四郎は思った。第一に、日本の銀行には大量の（一説には100兆円ともいわれた）預金が余っており、不良債権が経済停滞の原因ではないということ。第二に、銀行の「繰延税金資産」は、日本の税制では不良債権を査定によって増やすと、引当金が増加し、「繰延資産」と「税効果資本」が増える仕組みになっている事だ。だから、金融庁が銀行に「不良債権処理を加速しろ」と命じておきながら、増えてきた「税効果資本」を圧縮せよ、というのは矛盾している。行政方針そのものの自己撞着(どうちゃく)である。2002年度までは、銀行は五年間の税効果資本を資本金に算入する事が認められていた。ところが、2003年5月になって、彼の銀行の監査法人が決算発表の直前に、突然「従来五年間分認めていた税効果資本を三年分に縮小する」と主張したために、自己資本比率が一挙に「4％」を割り込み、自己資本不足に陥ってしまった。これは金融庁による騙し討ちである。結局公的資金2兆円が注入され、無理に国有化ともいうべき状態に持ち込んだのである。この辺の事情は、彼の大学の大先輩で日ごろ付き合いのある文京学院大学の菊池英博教授から教えられたものだ。

それにしても金融庁のやり方はひどいではないか、と彼ははらわたが煮えくり返る思いだった。これはT長官の前任者の言うとおり、一種のアメリカ発の罠ではないだろうか。そのうえ、2兆円の公的資金といえば国家予算の3％に近い。この金はいったいどこから捻出されたのか。国庫から出されたのであれば、議会の議決が必要である。もしこの銀行が本当に倒産したら、一瞬にしてこの金はドブに捨てられたと同じことになり、その負担は国民が負う事になる。誰がこんなことをしてよいと認めたのか。ここで、三四郎は暗澹たる気分に襲われた。こんな事は狂っている。何かがおかしい。こんなに簡単に銀行が破綻するなどあり得ない事だ。そう思いつつ、ここ何年かは浮かない気持ちで過ごして来たのだ。

三四郎は子供の時からある不条理を信じていた。本は読まれるべき読者を待っている。そして、本と読者は、時に不可解な決定的な出会いをする、と。今日のこの本がまさにそれだと彼は思った。

その本の名は、G・エドワード・グリフィン著「マネーを生みだす怪物～連邦準備制度という壮大な詐欺システム～」である。

彼は一気に読んだ。そして、眼からウロコが落ちた。多くの疑問が氷解した。この本の表紙の裏側にはこう記されている。「マネーとは壮大な幻想であり、実体は債務、借金である」「不換紙幣そのものが、バブルの崩壊や、隠れた税であるインフレを生みだす」「戦争が恒常化したのは、中央銀行と不換紙幣を通じて軍資金が簡単に調達できるようになってからだ」「金利はすべて人間の労働で支払われ、不換紙幣を創っている人々の懐に入る」

三四郎は口惜しかった。騙された事が口惜しかった。あの2兆円はただの紙切れだ。自分の銀行に金がなかった事はない。流動性が決定的に不足していた「コンチネンタル・イリノイ」とは訳が違う。2兆円とは巨額だが、それだけの金額を動かそうと思えばいつでもできた。事実、預金の取り付けも起きていないし、株価も決定的に低いとはいえなかった。それなのに、ただの紙切れでしかない2兆円で、自分の銀行は事実上国有化されたのだ。

ここで、三四郎はふとこの本を買うきっかけになった「三太郎の日記」の一節を思い出した。

「……しかし我らにはまた取り返さねば立ってもいてもたまらぬ程の口惜しい過去もないことはな

い……」。何という偶然だろうか。一瞬三四郎はそう思ったが、いや、偶然なのではない。この本は三四郎に読まれる事を待っていたのだ、と。


「おい、新平。お金って何だろう?」三四郎は喫茶店で向かいに座ってタバコをふかしている友人の藤巻新平に声をかけた。

「やぶからぼうに、何だよ。金ってのは経済の血液みたいなもんだと経済学の講義で習ったじゃないか」

「いや、そんな表面的な意味じゃないんだ。金には、何かもっと別な意味と目的があるんじゃないか、という気がするんだ」

「金はカネだよ。別に何も意味なんぞありゃせん。額面どおりの値打ちがあるもんだ。もっとも、実質的には紙代と印刷代だけだがね」

「それはそうだが、俺が言いたいのは、アメリカのドルは１９７０年代までは、金の裏付けがあった兌換紙幣だったじゃないか。だけど、今はそれが廃止されて、実質はお前がいま言ったように単なる紙切れに過ぎない。それが額面どおりの価値があるものだというのは、いったい誰が保証してるんだ?」

「そりゃ、政府だろうよ。だって、紙幣には日本政府発行と印刷されているんじゃないのか」

「いや、そうじゃない。お札には日本政府だとか、政府保証だとか、どこにも書いていない。単に日本銀行券とだけあって、その下に日本銀行と小さく印刷されている」

「でもさ、コインにはちゃんと日本国と刻印されてるぜ」

「コインはちょっと違うんだ。厳密に言うと、コインは硬貨といって、国際金融上、為替管理を受けない、金と直接つながりを持つ貨幣なんだ」

「へえ、そりゃ知らなかった。じゃ、コインは政府の保証なり、金の裏付けがあるが、お札は何もないという訳か？」

「その通り。しかし、お札にも保証がない訳じゃない。日銀の保証がある。そして、日本国の紙幣は日銀券に限られている。だから、日銀以外の誰かがお札を作れば、それは偽札ということになる。つまり、日銀券が法定紙幣という訳だ」

「じゃ、アメリカのドル札はどうなんだ？　ドル札もアメリカ財務省発行じゃないって言う訳か。しかし、アメリカ合衆国憲法には、通貨は合衆国政府が発行すると、明記されているはずだぜ。俺はその事を、誰か大学の教授が言ってたのを覚えてる」

「それが、厳密には違うんだ。無論１９１０年頃までは国が紙幣を発行していたようだが、少なくとも連邦準備制度つまりFRSが1913年にできてからは違う」会話はここでちょっと途切れた。そして、藤巻は吸いかけのタバコをもみ消して席を立った。残された三四郎は、心の内に残るわだかまりを無理やり押し殺して、天井にタバコの煙をフウッと吹きかけて、残ったコーヒーを飲み干し、しばし黙然と座っていた。

三四郎は、喫茶店に一人残され、タバコを燻(くゆ)らせながらもの思いにふけった。ふと、考えた。あの2兆円は、いったいどのようにして自分の銀行に持ち込まれたのだろうか。まさか現金輸送車で運び込まれた訳ではあるまい。もし現金だったとしたら、大変な量になる……と、そこまで考えた時、三四郎は「あっ」と思わず声をあげそうになった。

そうだ、やっぱり紙切れ一枚だ。たった一枚、2兆円を振り込んだという電信の控えの薄い紙切れだ。つまり、おそらくはこうだ。日銀から自分の銀行の口座へ、決められた日時に、決められた金額を振り込むというオンラインコンピュータの指示さえ出せば事は完了なのだ。もちろん、日銀内の決済は必要だろう。また、決められた銀行へ決められた金額を注入するという、金融庁内部の政令なり内規が必要だろうが、そんなものは枝葉である。

日銀は2兆円という巨額の現金を印刷する必要も全然ない。受け取った銀行も現金でなければならない必要はない。銀行自身の口座に2兆円と入金額を記帳しさえすれば良い。考えてみれば、この事があの本に書かれていた「無からキャッシュを捻り出す」というカラクリなのだ。

そして、カネを受け取った側は、後日優先株の株券なり劣後債の証書を送れば良い。その後銀行は速やかに自己資本額の欄に2兆円を記帳すれば、それで公的資金の注入はすべて終わる。何の事はない。誰かが誰かにATMで1万円を送金するのと少しも変わらない。違うのは個人では1万円の現金を用意しなければならないが、日銀ではそれさえ必要ないということである。では、銀行が自己資本を回復して国の公的資金を返す時はどうなのか。これはもっと簡単だ。わざわざコンピュータを操作する必要もない。銀行は返す金額だけ自己資本額を帳簿から削ればそれで良い。

もし、銀行で自己資本が減り続け、注入された公的資金に食い込む事になれば、その額を日銀からキャッシュで受け取れば良い。帳簿欄は現金預金の内、日銀から預金引出しの操作をすればいいのだが、おそらくそんな事は起こるまい。まさしく、マネーとは債務であり借金である、という事の証左である。これが、三四郎の〝眼からウロコ〟の第一であった。

ここまで考えが及んだ時、藤巻が帰ってきた。

「すまん、ちょっとポケットの中でマナーモードにしていた携帯が鳴ったんだ。人前で話せない用件をあらかじめセットしてたから失敬した」

「いや、いいんだよ」

「ところで、お前さんはさっきＦＲＢの話をしてたっけ。あれはアメリカ政府の機関じゃないのか」

「ＦＲＢとは連邦準備制度理事会のことなんだが、制度そのものはＦＲＳと言うんだ。これは中央銀行のようなものと思われているが、厳密に言うと少し違う。ニューヨークにＦＲＳ本部があって、全米各地に12の地区連邦準備銀行がある。ニューヨーク、アトランタ、ボストンなどだ」

「ドル札はどこで印刷してるんだ」

「紙幣は連邦準備銀行で発行してる。ただ、同じ国の紙幣を発行している日銀とは決定的に違うところがある。それは日銀は政府が日銀の株式を50％以上保有していて、日銀の政策決定は政権とは独立しているといっても、ある程度政府のコントロールが効いているが、ＦＲＳは24の民間銀行が株を持っている、完全な民間機関なんだ」

「じゃあ、ＦＲＢはアメリカ政府から独立している、という事か」

「それもちょっと違う。政府がＦＲＳの株式を保有していない、という点ではＦＲＳの政策決定に関与できない。しかし、ＦＲＳの理事会すなわちＦＲＢのことなんだが、この7名の理事は米上院の承認を得て大統領が任命する事になっている。そして面白い事に、理事の任期が14年と長く、大統領の任期と重ならないようにずらしてある事だ。つまり、どの大統領も理事全員を自分で任命して理事会を支配する事ができないようになっている点なんだ」

「ふーん」、と藤巻はさも感心したように三四郎の眼をじっと見つめた。

三四郎はしばらく間を置いてから、真剣な表情でこう言った。

「新平、お前に金とは何なんだと聞いた理由がわかるか」

「いいや分からん。カネのことなら何でも知っているお前が、わざわざ俺にカネの事を聞くとは、妙な事があるもんだ、と不思議に思ったくらいだ」

「それは、俺の今やっている仕事と関係があるんだ。俺は今年の4月から為替の売り買いをサポートする情報を収集しているんだが、為替が世界各地の戦争の状況と関わりがあるようなんだ。それで、最近ある保守系の経済学者と会って話をした事がある。その時、その経済学者は戦争によってインフレが起こる、反対に戦争がなければデフレになって経済は縮小するという説を説いたんだ。だから、ある意味では経済成長のためには必要な戦争もある、と言っていた」

「そりゃ、その説はわからないでもないが、そうなると、この世界から戦争は当分なくならない事になるぜ。そうならないようにするために、国連とか、ＩＭＦとかがあるんじゃなかったのか」

「それがなぁ、どうもそんなことじゃないんだ。国連やＩＭＦができた経緯には、おかしな点がいくらもある。これから、少し調べてみなきゃならんと考えている。しかしな、そんな事よりも、俺はその経済学者の説は、どうも話が逆じゃないか、と思ってるんだ」

「というと？」

「世界の為政者は、というよりアメリカの政権中枢部は、インフレを起こすために、意図的に戦争を起こしているんじゃないか、という気がしてきたんだ」

「どうも話の筋がよく読めないが……。アフガンやイラクの戦争は、テロ撲滅が目的だろう？」

「実はいま言った二つの戦争は、少なくともテロ撲滅が真の目的じゃない。石油資源の利権が絡んでいるほかに、アメリカは、双子の赤字といって、毎年毎年とてつもない額の赤字を垂れ流しているだろう？　こんな状態が続けば、いつかは経済が破綻する。また、そうならないまでも、それを見越してドルなり、ニューヨーク株式なりが、もうそろそろ下落を始めてもおかしくない。いや、下落が遅すぎるくらいだ。だが、実際は、ニューヨークのダウ平均は史上最高値を更新し続けている。これ、ちょっとおかしいと思わないか？」

藤巻は議論についていけないという表情で、首を傾げて、

「そういえばそうだが、でも、それと戦争とどう関係があるんだ？」

「アメリカの株高は、操作された結果じゃないか……と思うんだ」

「へえ、そりゃまたどうしてだ？」

「つまり、インフレがおこれば貨幣価値が下がる。反面、物の値段が上がる。アメリカはいま膨大な累積赤字を抱えている。とてもじゃないが、普通の手段では到底返す事は不可能だ。そこで、戦争を起こしてインフレを助長すれば、それが可能になる。なぜなら、インフレで物価が倍になれば貨幣価値は半分になり、赤字も半分に目減りする。つまり、アメリカ経済は一般に考えられるよりも悪くないという判断になる」

「だが、それでは国民が納得すまい」

「するさ。何たって戦争には勝つんだからな。今ではアメリカに敵う国は存在しない。その上メディアが真実を報道しない」

「それにしても、そいつはひどいやり方じゃないか」

「ひどいには違いないが、そうでもしないとアメリカの累積赤字は減らせない」

「じゃ、株高は？」

「どうも、ウォール街の株取引はすでにその辺の事情を織り込んでいるんじゃないか、と俺は見ている。それが証拠には、高いのは戦争関連の株だけだ。この株だけが極端に高く、あとの株は総じて安い。会社の数からすれば、下がっている株の方が圧倒的に多い」

ここで三四郎は一息ついて、二杯目のコーヒーに口をつけた。

三四郎は、コーヒーを飲み干し、カップをソーサに戻した。そして、二杯目のコーヒーというものは、どうしていつもこんなにぬるくて苦みが強くなるものだろうか、と不審に思った。彼は吸いかけのタバコを取り上げ、言葉を継いだ。

「世界中の株式市場、ニューヨークやロンドン、東京はもちろんだが、インドや中国市場さえ、いまや一体化して動きつつある。これは何を意味するかというと、情報が猛烈なスピードで世界を駆け巡るからなんだ。一昔前まではプレスを通じてだったが、今はインターネットという、地球に張り巡らされた電話回線を通して、それこそ瞬く間に情報が伝達される。これで大幅に世界の在りようが変えられたと思う。だが、俺は疑問に思っていることがあるんだ。それは、こういう情報はいつも正しい真実なものばかりではないはずなのに、株や為替のディーラーたちは瞬時に反応する。つまり彼らは、いつも真相を理解して動いている訳ではないんじゃないか、と思うんだ」

「ということは、時にはガセネタで相場が反応するということか？　ま、そういうこともあるんだろうな」

「いや、俺が言いたいのは、そんな目先のことだけじゃないんだ。言うならば、意図的なウソ、あるいは仕組まれた欺瞞のようなものに彼らは踊らされているる可能性があるんじゃないかと思う」

「そりゃ多少はそういう事もあるだろうが、そこまで言ってしまうと、相場の信頼性などというものは成り立たなくなるんじゃないのか」

「もちろんそうだ。だが、よく考えて見ると、この世の中にはおかしな事が多すぎるような気がするんだ。少し大げさかも知れんが、世界は途轍もない壮大なでっち上げで動かされているような思いをする事がよくある。早い話が、アメリカの現状を見ても、経済は誰がどう見たって、一種の破綻状態だ。それにも関わらず、株は上がり続け史上最高値を更新している。為替市場だってドルが極端に安いとは見えない。例の経済学者が言っていたように、戦争によってインフレが亢進して、赤字の実質が目減りすると言っても、ゼロになる訳じゃない。また、俺が言うように意図的にインフレを引き起こすといったって、やり過ぎると国民は気付いて反発するだろう。インフレというのは隠れた税負担になるんだからね」

「そういえば、ブッシュの支持率は随分下がっているからなぁ。このままなら中間選挙は負けるだろう。これはお前の説を裏付けるものかも知れんな」

「いや、国民はそこまではまだ気付いていない。今のところ支持率低下の原因はイラク戦争のドロ沼化や、兵士の死者の増加だ。どうもイラクの現状はベトナム戦争末期と似て来ているという指摘が出てるんだ。ということは、彼らはアメリカ国内の情勢を知っていて、ブッシュ政権を打倒するために中間選挙にあわせて、乾坤一擲の攻勢を仕掛けている節がある。その指摘は正しいと思う」

三四郎はここで言葉をとめて店内を見回した。午後の3時過ぎ、サラリーマンたちはちょっと仕事の手を休めて、一息入れたい時間である。この喫茶店はそれほど広くはないが、結構客が混んでいる。いま流行のセルフサービスのコーヒー店だ。ちらほら外国人の姿も見える。もちろん、原宿などで見かけるくだけた格好の外人ではない。きちんとスーツを着こなしたビジネスマン風だ。また、ＯＬや中年のサラリーマンもいるが、みんな一様に充実した活気のある人生を送っているように見える。そうか、この人たちは選ばれたエリートたちなんだ。このまえ地元に帰った時感じた、人々の物憂い疲労感のようなものはない。これは世相の二重構造だ、と思ったとき、藤巻が声を掛けてきた。

「おい、もう大分時間が過ぎたぞ。そろそろ仕事に戻ろう」

「うん、そうするか」

三四郎は、いささか満たされない思いが残ったが、彼と一緒に席を立った。

三四郎は仕事を終えて家に帰ってきても、満たされない思いは続いていた。何でだろう、と心の中で自問自答を続けた。彼の心の中では、この世界が何か壮大な仕掛けで動いている、作り物のように見えるのだ。最大の疑問は、世界中でこれほど平和を望む声が圧倒的多数であるにも関わらず、戦争が絶えたためしがない事だった。どんな宗教家も、どんな優れた思想を持った哲学者も、ましてやどんな立派な政治家も、恒久的に平和を実現する方法など発見した事はかつてない。ひょっとすると、この人達は真剣に世界平和を実現させようという気持ちがあるのだろうかと思ってしまう。

一瞬彼は潰れかけた銀行で働く身でありながらそんな事を考えるのは、思い上がった途方もない事だとして放り出したい思いに駆られた。しかし、彼は自分の銀行が外圧によって破綻させられかけたのを、不自然だと考えるうちに、戦争とマネーが表裏の関係にある事に気が付いた。そして、ある時、誰かが、ちょっとしたよこしまな考えを持ってたくらみを実行したために、世界がとんでもない袋小路に入ってしまったのではないかと思い始めた。俺がそんな事を追求するのは大それている。一介の銀行マンに何がわかるか。そう言われればそれまでだ。

しかし、三四郎に失うものは何もなかった。恐らく世の中の多くの人は失うものが余りに多過ぎるから、知っている事を言わずにいるのに違いない。見て見ぬふりをしているのに違いない。

失うものの第一は自分の命である。そして地位である。また、金（かね・財産）であり、家族であり、その他愛するもののすべてである。しかし……と三四郎は思う。どれも個人的なものではないか。いずれは自分の手から離れていくものではないか。

三四郎は思った。このままではやがて世界はとんでもない不幸に襲われる。この不幸は多くの人には何の責任もない。この不幸を防ぐ事は先に生まれた者の義務ではないのか。これはヒューマニズムなどという生っちょろい感傷ではない。

こうした事の発端はどこで、疑問の始まりはいつだろうか。誰しも不審に思うはずだ。それは、三四郎は、１９１０年11月、アメリカ・ジョージア州の離れ小島「ジキル島」の秘密会合から始まった、と睨んでいる。彼はふとしたきっかけから、アメリカ連邦準備制度の歴史を調べるうち、ここでの会議がそもそもの始まりであった事を知ったのだ。ここでは9日間に亘る歴史的な話し合いが行われた。そして、連邦準備制度（ＦＲＳ）の青写真が作成された。もちろん、この会議は政府のお墨付きがある、しかも、政府が関与した公式のものではなかった。

5人の民間銀行の大立者と2人の政府関係者がいただけだった。この制度は、1913年、アメリカ議会を異例のスピードで通過し、時の合衆国大統領ウッドロー・ウィルソンの署名によって成立した。これによりアメリカ連邦準備制度理事会が誕生したのである。

そして、何かの暗合のように一年後の1914年8月、第一次世界大戦が始まった。歴史に「もし」という事はあり得ないが、「もし」FRSが存在してなかったなら、戦争は数ヶ月も続かなかったであろう、とは大戦後多くの識者が指摘していることである。それはどういう事か。それは、FRSの創設によって、戦費の調達が極めて容易になり、参戦国の多くが同様の手法を取り入れ、多くの武器と戦闘員を動員し、広範な地域を巻き込む深刻な戦闘の拡大をもたらしたからである。これはかつて人類が経験したことのない世界戦争の始まりであった。その犠牲はあまりにも甚大だった。死者は数百万人、とりわけヨーロッパは瓦礫の山と化し、長期に亘る経済の疲弊を招いた。そして、犠牲を蒙ったのは何の罪もない一般市民だったのである。

後ろに隠れていて、自らの手を汚さず、この愚行の糸を引いていたのは、政治家や国際金融財閥である。彼らは一人の犠牲者を出すこともなく、大戦が終わるや否や、早くも次なる愚行の計画を練り始めていた。もちろん、一般市民には真実が知らされる事はなかった。戦争の真の目的は一部の政治家や国際金融財閥の私腹を肥やすのが目的であることはこれではっきりする。これが始まりであり、欺瞞の第一である。

三四郎はまたしても暗澹たる気持ちに襲われた。最近、高校の必修科目の未履修が問題になっている。特に世界史がその標的にされているという。日本人の視野の狭さはこの辺に表れていると思った。

三四郎はふと目を覚ました。暗澹たる気分になって、気持ちが滅入ったのと、日頃の疲れとでつい寝入ってしまっていたのだ。時計を見ると午後10時30分である。うたた寝をしてぼーっとした頭をはっきりさせるため、三四郎は外に出た。中天高く11月の満月が皓々と輝いていた。

三四郎は、秋の夜空の冷気の中で、輝く満月を見るたびに萩原朔太郎の詩集「月に吠える」を思い出す。だが、今夜の彼は朔太郎の詩よりも、いまうたた寝をしていた時に見た夢を反芻する事に集中していた。いまの内にはっきり記憶しておきたい事は、夢の中でまたひとつ大きな疑問が解けた事だ。なぜ金融庁は自分の銀行に巨額の公的資金を注入したのか。その本当の理由は何だったのか。唐突な仕事だったにしても、その表向きの理由はいかにも取って付けたような理由ではないか。この裏には何か隠された本当の理由があるはずだ。それを考えている内に、つい居眠りをしてしまった。夢の中で、三四郎は強迫観念に襲われていた。自分の家、苦労を重ねて持った家を、事もあろうに自分の妹が売りに出そうとしているのだ。失う訳にはいかない。何で売るんだ、妹との口争いが始まった。怒りと言い知れぬ不安がよぎる。しかも妹が鬼のような形相で迫ってくる。そこではっと目が覚めた。そして、はたと思い当たった。これは再編だ。銀行の整理統合だ。いらぬ銀行はつぶせ、という事ではないか。自分の勤めている銀行が消えてなくなる、夢はその不安の表れだ。そして、最後は銀行の再編が情け容赦なく実施される。そういう事だ。

だから、厳密に言えば、夢の中で答えを見つけたのではない。夢の中の強迫観念が答えを見つけ出したのだ。

三四郎は確信した。アメリカの要求によって、日本をコントロールするのに、メガバンクは3〜4行でよい。アメリカ発の金融コントロールだ。それを金融庁は丸呑みしたに違いない。北海道の拓銀は地場産業の不振を支え続けたために、不良債権の増加を理由にして潰された。中部の東海は地元の超大企業の後押しを受けた金融庁が、首都圏の銀行との合併を推進した。その結果抵抗らしい抵抗もなく吸収合併された。抵抗らしい抵抗をしたのはわが銀行だけだ。不振の在阪企業を支えたために、自然に不良債権は増えた。だが、どの企業も受注さえ増えれば持ち直す可能性はあった。しかし、金融庁は内部監査を厳しくして、要注意先から破綻先へと、情け容赦のない大ナタを振るった。そして、その結果は強引なやり方による、自己資本比率の4%割れである。

これは想像だが、金融庁はかつての長銀のように、巨大な税金を注ぎ込んで国有化した上で、二束三文で外資に売り飛ばす積りではなかったのか。彼はアメリカのロックフェラー系の資本がいくつかの日本の銀行を取り込んで、日本の金融を支配しようと画策しているという噂を聞いたことがある。

これはアメリカの日本支配の長期計画のひとつかも知れない。そういえば、ニューヨーク支店の巨額損失事件は、いかにも胡散臭いところがあった。三四郎は、考えれば考えるほど、世界情勢の中で蠢く国際金融財閥の底知れない不気味さを感じ、背筋が寒くなる思いがした。

彼は、青白い月を見上げながら考えにふけっていたが、そのうち11月の満月の夜の空気は、思いのほか冷えるものだと思った。そのうち、言い知れぬ怖気を感じて、そそくさと部屋に逃げ帰った。

二

「おい、答えになってないぞ」友人の藤巻新平の唐突な問いに、三四郎ははっと我にかえった。藤巻と三四郎はあれから数日後の金曜日の夜、道頓堀川に面した一軒の屋台で気晴らしに一杯やっていた。藤巻は三四郎の説明したマネーの仕組みについて、まだよくわからないらしく、もっとわかり易く説明しろ、と注文をつけたのだった。それで、どう説明したらわかってもらえるか、思案している内に、マネーの本質について、殆ど世間で議論された形跡がないのは、金融と財政の関係者に何かの思惑があっての事に違いない、とあらぬ方向に考えが流れて、一瞬忘我の体だったのだ。

三四郎は重い口を開いた。

「お前には申し訳ないが、実は金(かね)すなわちマネーほど分かりにくく、ややこしい存在はないと思うんだ」

「だから、答えになってないというんだよ。俺の質問は、お前のこの前の質問をそのまま返したものなんだぞ。俺には考えれば考えるほど訳が分からなくなるんだ」

「じゃ、俺なりに答えてみよう。一番まっとうな答えは辞書を引く事だが、広辞苑を引いてみても、金とは《貨幣・金銭》とあるだけで、具体的説明はない。まるでそんな説明は経済学の専門家に聞け、と言わんばかりだ。ところが、その肝心の経済学者の意見にしても、マネーの事に関しては、必ずしも一致している訳ではないんだ。あまりに沢山の定義がありすぎて、これだという定義を簡単に述べられないんだ」

「そんな事を言うから俺は答えになってないと言うんだ」と、藤巻は少しムッとした表情で文句を言った。

「マネーが人間の歴史に登場する前は、お前も知っているように物々交換だった。これは子供でも知っている事だが、具体的には同じ価値を持つ物同士を直接交換することだ。だが、畑でできた野菜を米と交換する場合、野菜はせいぜい1日か2日しかもたない。米は貯蔵方法さえ工夫すれば、1年はおろか2年でももつ。これでは他の欲しい物と交換するのに不便だ。そうして、物々交換の時に良く使われる共通の品物が、ひとつふたつ生まれる。その品物は、それ自体が欲しいからと言うより、もっと後で何かと交換できるような価値の保存手段となる。原始社会では、多くは保存の効く食物や家畜だった。英語では、金銭にかかわる、という意味の

pecuniary はラテン語の　pecunia が語源だが、これは牝牛という意味だ。それから時代が移って、色のきれいな貝殻や珍しい石などがこれに代わる。そして、金属の精錬が可能になると、金属のインゴットが重量により価値が決められて、職人や商人の間で取り引きされるようになった」

「要するに、それが硬貨の始まりだな」

「うん、そうだ。だが、他にも価値のあるものがある、例えばダイヤモンドなどは貨幣に使われることはなかった。なぜなら、小分けにできないからだ。また、木材などでは大きすぎて持ち運びに不便だ。その点金属は腐らず、質が変わらず、溶かして作り直せば小さな単位にも分けられる。その上、金属それ自体に価値があるものだ」

「なるほど、それで究極の硬貨として金が選ばれた訳か」

「そう、つまり金は銀よりは少なく、プラチナよりは多い。装飾品としても需要があり、純度と重量も正確に測定できる」

「しかし、金は産出量が限られていて、現代の商取引には向かないんじゃないのか。よく、金はマネーとしては不向きだ、といって紙幣になった、という人がいるが」

「いや、それは誤解だ。金の供給量そのものは問題ではないんだ。よく考えると、マネーの第一の機能は、ものの価値の《ものさし》であることなんだ。だから、例えば、長さをミリやキロメートルで表したって、長さが変わるわけじゃない。つまり、測る単位を変えれば、どんな価値でもマネーという機能を果たす事ができる。商品の流通量が多ければ、金を小さく鋳造すればいい。反対にある単位の金の量の価値を上げれば済むことだ。現在の世界経済の大きさにしても、金の総量が不足という事はない。マネーの役割を果たすのに影響はないんだ」

「といわれても、分かりにくい。もっと具体的に説明してくれよ」

「マネーサプライ、という言葉があるだろう？　一番の錯覚はこれなんだ。世界中の富を考えるとその総量はそんなに変わるものじゃない。また、富の象徴であるマネーの総量を2倍にしても、富が2倍になる訳ではない。仮に、マネーサプライが2倍になったとすると、流通している商品の量は変わらないから、その内商品の価格がじりじり上がって、ちょうど2倍になったところで釣り合うようになる。つまり、需要と供給の法則が働く、という事だ」

「分かった。要するにインフレになる訳だ」

「その通り。もっと面白い話をすると、江戸時代に鼠小僧次郎吉という義賊がいたが、こいつのような義賊が現代にもいたとしよう。この義賊が庶民の生活や格差社会を憂えて、日本全国の家という家に一軒残らず百万円づつの札束をある晩投げ入れたとする。受け取った人は突然現金が百万円増えたわけだから、大喜びする。その晩投げ入れられた金の総額は日本全国の総世帯数の百万倍という莫大な額だ。やがてその内、日本中のあらゆる商品の値段が日を置かずして上がり始める。そして、各家庭が百万円を受け取る前の生活水準と同じになると、そこで釣り合いが取れて、物価の上昇はストップする。要するにここでも需要と供給の法則が働く訳だ。つまり現代版鼠小僧は庶民の暮らしを良くした訳では全くない、という事になる。何の事はないマネーサプライをいくら増やしても富が増える訳ではないんだ」

「よーくわかった（笑）」

「そこのところを突き詰めて考えると、マネーの量は経済の大きさには全く関係ないという事が分かる」

三四郎は、いったんここで言葉を切って、いっとき間を置いてから藤巻に念を押すように言った。

「この事は、現在の不換紙幣ということを考えると、大変重要な問題を含んでいる。金の裏づけのない紙幣はただの紙切れだという事がよく分かる事態になるんだ。金の裏づけのある兌換紙幣だと、紙幣を増発するためには、手元に紙幣の増発に見合う金を用意しなければならない。

つまり、金がなければ紙幣を作る事ができないから、やたら紙幣を印刷するという事に歯止めが掛かる」

藤巻はカネというものの性質が次第に分かってくるにつれて、いかにも不審そうな顔つきをし始めた。そして、三四郎の顔をいくらか尊敬の眼差しもって見つめた。

三四郎は言葉を接いだ。

「ある銀行が破綻しかけて、国が公的資金を注入した。2兆円という巨額のマネーだ。このマネーの出所は日銀だ。日銀は日銀券を2兆円分増刷してこの銀行に投入したと同じ事をした。そして、これは仮定の話だが、この銀行は必死の経営努力にも関わらず、ついに倒産してしまったとする。この時注入された2兆円はパーになる。だが、国民は自分の懐から出た金ではないから何も損をしたとは思わないだろう。ここで見方を変えると、先の例でも言ったように、注入された2兆円分のマネーは市中に出た事になる。という事はマネーサプライが2兆円増えた事と同じだ。不換紙幣だから金（きん）の裏づけはない。そのうち、需要と供給の法則が働いて2兆円分の物価が上がる。という事は2兆円のインフレが起きた事になる。その分国民が持っていた貨幣の価値は2兆円目減りしたのと同じだ。何の事はない、2兆円は国民が負担したということだ」

「へー、そいつは驚きだ。そうだとしたら、その2兆円を銀行に注入した奴は責任を取るべきだ」

「そうなんだ。しかし、その事は国民に知らされないまま実施されている。2兆円の公的資金を注入した、とだけ言っている。どこか国庫のある所から隠し金でもあって、そこから捻り出したとでも思わせたいのだろうが、それは真っ赤なウソだ。実は他でもない、2兆円の公的資金を注入されたのは俺の銀行なんだが、幸いにもまだ倒産はしていない。だが、いくらなんでもこんなカネの動かし方は違法じゃないのか、と言いたい」

「そりゃそうだ。こんな説明を聞くまで知らなかった。これはとんでもない欺瞞じゃないか」

「まあ、そう単純に怒るなよ。実はもっと大きな欺瞞が国民に知らされないまま行われているんだ」三四郎は真剣な眼をして藤巻をじっと見詰めた。

秋の夜、二人は冷え込む夜気のなかで、ぼっと光る街灯を背にして、屋台のベンチに並んで座っていた。以前はお互いの会社とも交際費が自由に使えたから、社用にかこつけて、結構繁華なバーやクラブに繰り込んだものだ。だが、そこでの会話は今思うと浮ついた馬鹿話をしていただけで、本当に物事を真剣に考えた会話はなかった。世相が厳しくなると、かえってこういう場末の屋台でしんみりとやる方が、まともな考えができるものだと三四郎はつくづく思った。バブルの時はみんな狂っていたんだと思う。

しばらく屋台の親爺を相手にしてよもやま話をしていた藤巻が、やおら三四郎の方を振り向いて話しかけて来た。

「ところで三四郎、お前がさっき言った、金融庁による2兆円の公的資金注入の話だがなぁ、あれはお前の被害妄想じゃないのか。狙い撃ちにされたというお前の気持ちは分からないでもないが、お前の銀行は以前から随分危ないという噂が流れていたじゃないか」

「うん、それは俺自身もそう思わない事はない。内側からだけの見方ならそう言われても仕方がない。しかし、見方を変えて、外部から見てみると、経営の傾いた銀行をそこまでして救済しなければならないという理由はどこにもない。もし、本当に経営状態が悪いのなら、そんな銀行は潰してしまって、預金者保護や、融資先の救済を直接行った方が、手っ取り早くて余程効果がある。そのいい例が北海道の拓銀だ」

「まあ、そうすれば損失を蒙るのは、株主だけという事にはなるが」

「そうだ。株主は投資している訳だから、当然リスクは織り込んでいる。その代わり株価が上がれば得るものも大きい。株主は経営者と一体と見るべきだ。しかし、預金者や融資先はいわばお客様だ。真っ先に保護の対象になるべきだ。経営が悪くなったのは経営者の責任だ。だが、俺がおかしいと思い始めたのは東海銀行の合併からだ。俺の親しい友人が東海にいたんだが、東海は何も経営が傾いてなんかいなかった。合併は世界的な金融再編の流れだという外部の後押しでそのまま押し切られた感じだった。そして、ご他聞にもれず合併後の人事は酷いものだった、と友人は嘆いていた。世界的な金融再編も理由としては一応頷ける。しかし、地元企業を見殺しにしてまでも、敢えてやるべき合併だっただろうか。なぜなら、合併後は合理化を理由に、支店は大幅に閉鎖された。地元に密着して営業していた行員は配置転換で閑職に追いやられて、大量に退職していった。実に悲惨なものだったとその友人に聞かされた。行員だって一人の社会人だ。銀行を辞めれば何をして食べていくんだ？　その家族は？　何もそこまでやることはなかろうと誰しも思うじゃないか」

三四郎は、屋台の向こう側のビルの明かりを反射して、ゆらゆら揺れる川面をじっと見詰めて、ふぅ、と大きく息を吐き出した。

「それから俺は、金融庁に絡む色々な事について疑問を持ち始めたんだ。考えても見ろよ。バブル崩壊の初期の段階の住専国会では、たった６５００億の公的資金注入で大揉めに揉めたのはお前も覚えているだろう。これに懲りて政府は銀行に対する公的資金注入の枠組みを作った。そしてこれ以降、様々な口実を作っては莫大な公的資金が不良債権処理の名目で銀行に対して注入されている。だが、このカラクリの詳細を殆どの国民は知らされていない。野党議員だってそうだ。旧長銀はそうして6兆円という巨額の公的資金を注入された挙句国有化され、たったの10億円で外資に売り飛ばされた。その金額はつぎ込んだ公的資金の実に6000分の1だ。その上、この6兆円は国庫に戻されていないんだという事を肝に銘じておく必要がある。結果はお前も知っての通り、ただ同然で受け取った旧長銀の株を、再生した新生銀行の株として売り抜け、税金も払わずにアメリカ本国に持ち帰ってしまったじゃないか。彼らはドロボウと言ってもおかしくはないが、もっと呆れるのはそのドロボウに追い銭をしたのは他でもない日本政府だ。そのカネはどこから出たかというと、言うまでもなく国民の懐だ。これを売国行為と言わずして何と言うんだ」

三四郎は、コップにつがれた冷酒をグイッと一気に呑み干した。藤巻は三四郎の気持ちを察したのか、同情気味に言葉をかけた。

「うん、お前の気持ちはよく分かる。それはそれとして、お前の言うもっと大きな欺瞞というのは何なんだ」

「ああ、こうなりゃ、何だって言ってやる」三四郎は少し酔いが廻ってきた勢いでしゃべり始めた。

「そもそも金融の世界的な再編って何なんだ？　何の必要があってそんな事をしなければならないんだ？　一体誰が言い出したんだ？　グローバル・スタンダードって一体何なんだ？　その必要性なんてちっとも分からないじゃないか。くだらん新聞記者どもが調子に乗って、世界で通用する制度だとか、これからは世界標準じゃないと通用しないんだとか、今から考えりゃ何の根拠もない与太話をデッチ上げてはやし立てたから、一般国民も、頭のふやけた国会議員までもが洗脳されちまったんじゃないか。だからこれを陰謀と言うんだ」

「でもな、お前は陰謀と言うが、陰謀と言うからには目的があるはずだぜ。その目的は一体何なんだ」

「ああ、目的はあるとも。それは『新しい世界秩序の構築』だ。これを詳しく説明するには一冊の本ができるくらい長い長い物語をしなければならない。歴史学者の中には、歴史はほとんど陰謀のせいで流れてきたという、陰謀史観を唱える人がいる。例えば、世界がこれほど乱れ、戦争が絶えないのは、ユダヤ人の所為だというユダヤ陰謀論がそれだ。だが、すべてをユダヤ人の所為にするのは無理がある。むしろ、反ユダヤ主義の方が世界を悪くした、という方が説得力がある。ただ、世界中で起きている事を正確に見直してみるとすべては偶然だと言うには無理がある。例えばＩＭＦだ。その目的は発展途上国を助けるという計画だが、40年にわたって何千億ドルもが注ぎ込まれたのに、いまだに当初の目的は達成されていない。これからも同じように当初の計画を実行していくというのが既定の方針らしいが、それが成果を挙げるとはとても思えない。成果が挙がるはずのない計画に彼らがなぜ固執するのか。答えは、彼らの計画は別のところにある、という事だ。彼らは別の計画に従っている。彼らの視点からすれば、その計画は順調に成果を挙げているというんだ。そうでなければ、先進国の指導者達は一人残らず、ただのバカだ、ということになる。無論そんな事はあり得ない。これらの指導者達は、それぞれ母国とは別の所に忠誠を尽くしているんだ」

三四郎は、酒のせいで滑らかになった口で、一気にまくしたてた。そしていったん口を噤んで屋台の親爺に言った。

「親爺さん、水をくれないか。それともう一皿おでんを見繕って入れてくれ」藤巻は、半ばあっけにとられて口を開いた。

「お前、そんな考えをどこから仕入れてきた？　お前のその話が本当だとすると、小泉やTは、そいつらの手先だということになるぞ」

「その通り。奴らは手先だ。だが、小泉は本当のところを理解している訳じゃないと思う。単に連中に脅されていただけだ。しかし、Tはそうじゃない。奴は完全に手先だ」

「うーん、そいつはにわかには信じにくいなあ」

「これらのすべてが偶然に起こっているのなら、計画も協力も目標も欺瞞もなく、ただ自然に歴史は流れている事になる。水が低いところに流れるように、歴史も一番流れやすいところを目指して流れるはずだ。そう考える方がよほど気が楽だ。うす気味悪い陰謀説など考えたくもない。だが、すべて偶然だという証拠はどこにもない。反対に陰謀を指し示す証拠は山ほどもある。これは途方もなく恐ろしい事だ」

三四郎は言い終わって軽くニヤリと笑った。

「それじゃあ、その証拠を俺にも分かるように説明してくれないか」藤巻は半信半疑ながら、もしかしたら、と幾分気持ち悪そうな顔をして言った。

「うん、説明してやろう。だが今夜は遅い。気味の悪い陰謀説なんかはまたにして、もう帰ろう」と言って三四郎は席を立った。藤巻は少し心残りの様子だったが、反面ほっとしたような複雑な表情を浮かべて、一緒に立った。

屋台の親爺は不思議そうな顔をして二人を見送った。そして、思い直したように、汚れたコップや皿を片付け始めた。

三

数日後の土曜日の夕方、藤巻が突然三四郎の自宅にやって来た。そして、前置きもなくいきなり切り出した。

「この前、お前が言った陰謀説の証拠なんだが、俺はあれが気になってしょうがない。帰ってしばらく考えてみたんだが、お前の話には、何となく根拠のようなものがあるように思う。だから、あの話の続きを聞かせてくれないか」

「わかった。だが、肝腎の話をする前に、お前に予備知識を持っていてもらいたい。これからの話は『状況証拠』を基にした壮大な謎解きゲームだ。なに、お前の頭が悪いと言う訳じゃない。俺の話が突拍子のないものだから、お前がついて来られなくて混乱するといけないからなんだ」

「うん、お前に言われるまでもないよ。俺は人並みに理解力はあるつもりだが、お前のこの前の話はいささか飛躍が大きすぎて、ついていけない部分が確かにあった。しかしこの際だ。何でもお前の言う通りにするよ」

「断っておくが、ことさらお前の理解力を低く見ている訳じゃない。人間は現実とかけ離れた話を見たり聞いたりすると、拒否反応を起こすものだ。ま、そう悲観するな。実はつい最近、この話を何人かの知り合いにして見た。そうしたら、みんな頭が真っ白になって混乱したと言うんだ。それほどショッキングな内容だという訳だ」

「気遣いはありがたいが、そんな心配は無用だ。早く話を始めてくれ」

「まず俺がこれから話をする内容は、状況証拠を基にしている。そこから一連の事件の流れを俯瞰(ふかん)してみて、俺が推理したものだ。他に関係者の証言や、ジャーナリストなどの意見を受け売りしている訳ではない。ところで、お前は本格推理小説は読むか?」

「うん、読むどころの騒ぎじゃない。三度のメシより、と言ったら何か性質(たち)の悪い癖のようだが、要するにそれ位好きだという事だ。夜寝床で読み始めると、夜中の2時3時までという事もざらだ。そんな時は朝、寝不足で困る」

「それなら話は早い。俺はどちらかというと倒錯ものやスリラー・サスペンスものが好きなんだが、ヴァン・ダインやアガサ・クリスティも読む。その類(たぐい)の小説の決まったパターンは、登場人物に特定の型があるという事だ。無論、主人公は名探偵。彼を取り巻く人物は押しなべて想像力と理解力に欠ける。そして、真犯人とその周辺には、犯人と間違えられる事件関係者、それに被害者たちが、一見複雑な人間関係を形成している。そして、いつも間違いを犯す原因は『状況証拠』という、ちょっと見には単純な証拠だ。これによって想像力不足の警察はいつも間違った判断をして、無実の人物を犯人に仕立て上げてしまう。ここで、日本で言えば明智小五郎、あちらではペリー・メイスンなどが颯爽と登場して、鮮やかに真犯人を割り出してしまう。ま、その過程が謎解きとして面白い。また、読者や視聴者が振り回されたり、騙されたりするのが醍醐味なんで、そいつを味わいたくて小説を読んだりテレビを見たりする。いわば『状況証拠』はその道具立てに過ぎない」

「そうだ。俺なんかはいつも騙されるから、今度こそは騙されんぞ、と思って読むがやはり騙される。それは状況証拠が間違った犯人を示すように余りに作為的に作られているからなんだ」

「だが、これが現実の犯罪になると、やはりものを言うのは状況証拠なんだ。裁判でも状況証拠は罪状決定の大きな判断材料にされる。つまり言い換えると、小説やドラマでは事件の引き立て役でしかない状況証拠は、実際の事件では重要な見逃せない目じるしの役割を果たしているという事なんだ」

「うん、それもよく分かる。しかし、何だかお前の話は意味深長じゃないか。それに絡むような、そんな陰謀事件が現実にこの日本で起こったとは、俄には信じられないし想像もできないなぁ」

「それはそうだろう。今の日本人は殆どが平和ボケしているから無理もない。これはテレビや新聞などのマスメディアのせいだ。多くの日本人は、メディアは真実を報道していると信じて疑わないが、内実はどこの誰が書いたか分からないような新聞の解説記事や社説、テレビの報道特番のキャスターやコメンテーターなどは、上層部やディレクターの検閲を受けて都合の悪い事は書いたり喋ったりしないようになっている。彼らのやっている事は、ごく僅かの真実に色をつけて脚色し、それに多くのウソを潜り込ませて流している事だ。これは巧妙に仕組まれたマインドコントロールだ。大多数の視聴者はこれにまんまと引っ掛かって騙されているんだ」

「ああ、そいつはお前がいつも俺に向かってぼやいている事だろう？　それはよく分かっているから話を早く進めろよ」

三四郎は、この珍客を自宅の玄関横の居間で迎え入れ、独り者に似ず、まめに宇治の銘茶を淹れ、京都の老舗の和菓子を添えてもてなした。そして、自分で淹れた茶を一口啜って、続きを語り始めた。

「新平、俺はなぁ、あれほど活気があって躍進していて、世界の奇跡とまで言われた日本経済が、なぜ急にこんなに萎んでしまったか、不思議で仕方ないんだ。特に小泉のようなヘボが、何で総理大臣にまでなれたんだ？　お前、不可解だとは思わないか？　あんな能無しが、ヒラの大臣になれたのさえおかしい。特に人望がある訳じゃない、バックに大派閥が付いている訳でもない、超が付くほどの大金持ちでもない。むかし超が付く大金持ちだった藤山愛一郎という政治家がいたが、結局その人でさえ総理にはなれなかった。その上小泉は優れて能力がある訳でもない、品性はというとどちらかといえば政治家には相応しくないような下卑たところがある。ただ、ひとつだけ他の国会議員と違うところがある。それは人一倍気が小さいくせに、思い込んだら命がけという、向こう見ずなところだ。例えれば、ブレーキの壊れたポンコツ車のくせして、Ｆ１レースに挑戦するような、超が付く非常識な変人であることだ。ところが、いざレースに出ると、ビクビクしてろくすっぽカーブのハンドルさえ切れやしない。教習所の新米運転手のようなもので、傍にしっかりした教官が付いていないと、危なくてとても公道など走れたものじゃない。こんな人間がなぜ総理大臣になれたのか。これがまず最初で最大の謎だ」

藤巻は三四郎の言葉に聞き入っていたが、こんな話は聞き飽きたという体で頭を振り、無言で先を促した。

「まあ、こんな話は俺の愚痴でしかないからどうでもいいが、この話の疑問のとっ掛かりは、なぜバブルは起きたか、ということだ」

急に、藤巻が身を乗り出して言った。

「そうだ、俺もその事は不思議に思っていた。一体なぜなんだ？」

「バブルが起きる少し前、一般には知られていない、ある不可解なことが起きている。それは、アメリカから数人の不動産バイヤーが日本に入国して来て、目ぼしい土地・建物に対し、同一物件にも関わらず、複数の不動産会社に取引を持ち掛けているんだ。それもべらぼうな価格で。それで、これが噂になり値上がりにさとい業者が、スワ不動産ブームの到来とばかりに、一般に吹聴し始めたらしい。実際に高額で購入した例もあったようだから、一概に噂だけでもなかったようだが、これがバブルのきっかけになったというのはあり得る話じゃないかと思う。折りしも巷では金余り現象が起きており、銀行にはそれこそジャブジャブ金が有り余っていたから、当然の帰結として不動産投資がブームになった。その実態はお前の方がよく知っているだろう。地上げ屋の横行、不良不動産の斡旋にからむ暴力団が関係した詐欺事件、その他ありとあらゆる事件が発生している。このバブルは知っての通り、膨らみ切ったところで破裂した。結果、不動産にからむ不良債権が莫大な金額に達した。つまりバブルはなぜ起きたかというのが第一の疑問だ」

「まあ、日本人の悪い癖として、すぐ他人の真似をしたがるからなあ、その上、周りの人達と自分が少しでも違っているとものすごく不安になり、すぐに同じようにしたがる。お前の言う通りだとすると、その不動産バイヤーは日本人のそんな性質を見越した上で、バブルが起きるように火をつけて廻ったのかも知れないなあ」と藤巻は嘆息まじりに言った。

「うん、大方はそんなところだろうと思う。そして、このバブルと前後してもうひとつ不可解な出来事が起きている。それは日米の貿易不均衡によって起こった摩擦を解消するために始まった日米構造協議だ。アメリカ側は大幅な輸入超過による赤字の責任は日本側にあるとして、日本にアメリカ製品の輸入を促進させるとともに、６００兆円の内需拡大策を要求して来た。これはアメリカ通商代表部の強硬な姿勢で、日本側で交渉に当たっていた事務当局は難しい立場に追い込まれていたが、何となく先延ばしにしている内に、一般国民が知らない間に立ち消えになっている。その理由はいまもって不明だ。これが第二の疑問。ここでさらにつけ加えておきたい事がある。この一連の騒動の時、メディアはどんな報道姿勢であったのか……、という事だ。バブルも終わり頃になってさすがにその歪みを報道し始めたが、ついに問題の核心を衝いた報道にはいたらなかった。だから、バブル拡大の責任の一端はメディアにもあると言える。バブルの始まりから冷静かつ真摯な立場で取材していれば、バブルがおかしな拡大をし始めた段階で警鐘を鳴らす事ができたはずだ。また、それがメディアの本当の役割ではないのか。それなのに、これ以降日本のメディアは不可解な報道姿勢を続ける。この原因はアメリカの大手広告会社の圧力だった、と指摘されているのだが、これが事実ならこの大手広告会社も何かの組織によって動かされていた事になる」

「ふーむ、なるほど」

「続いておかしな事が起こる。これからの出来事はあらかじめタイムスケジュールを組んでいて、まるで事前にレールが敷かれていたかのようだ。まず、バブル崩壊後の経済の建て直しを担って発足したのが橋本内閣だ。ところが、この内閣は旧大蔵省の言いなりになって超緊縮財政を強引に実施し、見事に大失敗。橋本は退任に当たっての弁で自分の政策は失敗であった、と述懐するはめに陥っている。だが、ここにも伏線がある。橋本派は旧経世会の流れを汲み、元は田中派として党内に厳然たる勢力を誇り、田中派でなければ人に非ずとまで言われたほどだ。郵政族、道路族が中心で、それぞれ郵政民営化、道路公団民営化に反対していた。ここで思い出して欲しいのは、１９９３年に当時の宮沢首相と、アメリカのクリントン大統領の間で合意していた「年次改革要望書」という文書の存在なんだ。この文書は毎年日米で交換する事になっていて、アメリカから日本への要望は、この郵政民営化と道路公団民営化が2本の大きな柱になっていた事だ。この二つの要望事項の実現は、旧経世会の流れを汲む、橋本、小渕と続いた政権では殆ど実現するめどが立っていなかった。恐らく橋本総理は、自派閥内の民営化反対論者と、アメリカの強硬な要求とで板ばさみになり、苦しんでいたものと思われる。ま、橋本という人は、人間が良かったんだろう。大蔵省の言いなりになって大失敗をする。派閥の意見は聞かなければならない。アメリカからは次々と要求を突きつけられる。気の毒なものだ。後の小泉とはまるで正反対だ」

ここで藤巻が言葉を挟んだ。「そうだ。俺の聞いた話によると、橋本元総理は引退後、晩年は大変さびしい状態だったそうじゃないか。彼自身は別に悪い事は何もしていないのに、日歯連事件に巻き込まれたりして、随分辛い思いをしたに違いない。まだ若かったのにこのあいだ亡くなったが、考えれば気の毒なものだ」

「それはそうとも言えるが、逆に総理大臣を務められる器じゃなかったとも言える」そうは言ったが三四郎は、権力者の孤独というものを目の当たりに見たような気がした。そして、言葉を続けて、「こうして橋本内閣が倒れると、続いて小渕内閣が発足した。この政権は前内閣の失敗に懲りて積極財政に転換、日本経済を成長軌道に乗せようと、できる事はなんでもするという積極的な財政出動をモットーとした。しかし、どういう訳か内閣支持率は低かった。これは、メディアの内閣批判が響いている。旧大蔵省は積極的な財政出動には批判的だった。旧大蔵省はメディアに強い影響力を持っていたから裏でメディアを動かしていたんだ。しかし、メディアの批判にも関わらず、経済は徐々に向上し始めた。積極財政が功を奏し始めたんだ。だが、ここで突然不幸な事が起きた。小渕総理が官邸内に於いて脳梗塞で倒れ、そのまま息を引き取った。この、総理の死は後の事件の流れの中で大きな意味を持つ。また、日本はこれを契機にさらに不幸な流れが強まっていく事に注目しておいてほしい。実はこの総理の死去には不可解なことがある。総理が倒れた時、**たまたま官邸内に医師が居なかった**。それどころか、周りに誰も居なかったという。直前には小沢自由党代表と会談しており、会談直後に自由党が連立から離脱すると報道された。口さがない永田町雀は小沢代表との会談決裂がストレスとなって、脳梗塞の引き金になったと言いふらす者がいた。しかしこれは根も葉もない噂だ。だが、俺はタイミングを計ったかのように総理が倒れたのは、何か作為的なものを感じてしょうがないんだ。本当のところは不明だが、小渕総理は直前まで元気だったこと、脳梗塞の自覚症状も既往症もなかったこと、これが第三の疑問」

「おい、ちょっと待て。それじゃまるで小渕総理が暗殺でもされたみたいじゃないか。警備の言っても、いくらなんでもそれは勘ぐり過ぎじゃないのか」

厳重な首相官邸でそんな事が起こるなんて、馬鹿げている。三四郎、読みの深いお前の推理とかなりあると思う。あとでも言うが、似たような例が歴史上ない訳じゃない。この後、青木官

「いや、俺が言っているのは、単なる可能性だ。確たる証拠がある訳じゃない。だが可能性は房長官、野中、森、亀井（静香）、村上の5者会談で後継は森で決定。政策も閣僚もそのまま引き継ぐ事で合意している。これが平成12年（2000年）4月5日だ。この約11ヵ月後にまたとんでもない大事件が起きた。2001年2月10日午前8時45分（日本時間）、アメリカハワイ州のオアフ島沖18キロで、愛媛県立宇和島水産高校の実習船『えひめ丸』499トンが、浮上してきた米海軍の原子力潜水艦『グリーンビル』に衝突され、9人が死亡したんだ。この事故の詳しい模様は地元の愛媛新聞が日を追って報道している。これを逐次見てみよう。2月14日**『浮上前の音波探知不十分～米調査・高精度ソナー使わず』**、2月15日**『民間人も浮上中操舵～潜望鏡確認・ソナー探知―二重ミスと断定』**、2月17日**『実習船視認距離に～見落とし可能性高まる』**、2月22日**『えひめ丸1時間前探知～司令室の民間人邪魔』**、3月6日**『えひめ丸沈没・ミスの連鎖止まらず～空白の71分』**……大体が、オアフ島から18キロという距離だったとはいえ、広い太平洋のど真ん中で500トン近い船に、原潜が、偶然で衝突するだろうか。その上

新聞報道にあるようにこれだけのミスが重なっている。これでは、**意図的に衝突した**のではないかと勘ぐられてもおかしくない。さらに、英語圏のマスコミ報道はえひめ丸について単に『漁船』とだけ紹介し、高校生が乗り組んでいた実習船である事を伏せた報道をしている。また、グリーンビルの艦長だったスコット・ワドルは、事故後に海軍を除隊しているが、年金などの受給資格のある一般退職という扱いだ。これが、例えば日本の自衛隊だったらどうだろうか。確実に裁判で実刑判決を受けているだろう。これが第四の疑問だ」

「へー、そんな事情があったとは知らなかった。普通これだけの状況証拠があれば、当然有罪だろう。そして、お前が疑っているように、アメリカの故意の事故だと言われてもおかしくはないなぁ」

「だが、思い出してくれ。この２００１年９月11日には何があった？」

「そう、俺も今それを言おうと思ったんだ。９．１１同時多発テロだ」

「このテロは最近では、アメリカ政府の自作自演ではないかという疑いが、アメリカ国内から澎湃（ほうはい）として起こっているんだ。疑わしい証拠は実に２００以上も挙がっている。それはさておき、この事故後、日本ではメディアから、森総理に対する非難が集中豪雨のように湧き起こっている。それには理由があった。当日はたまたま土曜日で、総理は東京近郊でゴルフをしていたんだ。事故の一報を伝えた後、誰かが総理に『ここに居て下さい』と言ったらしい。そのうえ、**近くに控えていなければならないはずの非常用のヘリコプターも、たまたまその時そこに居なかった。**そもそも、この国の総理大臣には30分ルールというのがあって、非常時の際は30分以内に官邸に帰れるようにしていなければならない筈なんだ。ヘリはそのための手段なんだからそこに居なければおかしい。そして、このあと、その場で事務方に情報収集を指示しておいて、そのまま3ホールをプレーし続けたと言うんだ。この事がメディアの非難の的になった。どうもこの仕掛は罠だったような気がするんだ。もし、森総理がこの罠に引っ掛からなかったら、第二、第三の罠が用意されていたと思う。いや、もっと言えば、過去にも引っ掛からなかった罠があったのかも知れない。結局これが原因で森内閣は退陣する事になったが、これはいわば、表向きマスコミが引きずり降ろしたようなものだ。これが第五の疑問」

「いや、俺もあの時のマスコミの非難報道は凄かったのを覚えている。あれでは誰だってこんな首相ではどうしようもない、と思わせられたはずだ」

「だがな、いま思うとおかしいじゃないか。小泉は在職中それ以上の失策を、それこそ雨あられのようにやらかしているのに、非難らしい非難は殆どされていない。全くもって不公平かつ片手落ちというべきだ。そして、森退陣のあと、必然の如くに小泉総理就任が実現するが、その前に、小泉のライバルと目されていた亀井静香が警察官僚出身でありながら、メディアの手で、ダーティイメージを着せられて追い落とされている。こんな偶然が自然に起きるはずがないじゃないか。もし、起きたとすれば、神様はとんでもないえこひいきをするもんだ。こんな事はあり得ない。これが第六の疑問」

「うーん」と藤巻は唸ったきり、声も出ない様子だった。

「ある諺にこういうのがある。小さなウソはバレ易いが、大きなウソほど信じられ易い、と。誰もこんな事がウソである筈がない、という思い込みが生じるらしい。そう思い込むのは壮大なウソを受け入れてパニックに陥らないための安全弁だというんだ。これは真理だという気がする。そして、ここでそれぞれの疑問について分析してみよう。まず第一の疑問。これは当時日本はアメリカの庇護のもと、軍事費を必要最小限にして驚異的な戦後復興を遂げ、莫大な富を蓄積していた事と関係する。つまり、日本が貯め込んだ富をアメリカが横取りしようと企んだ可能性が高い。これが第一の疑問に対する答えだ。だが、これは成功しなかった。だからアメリカは作戦を変え、郵貯・簡保の資産340兆円を直接狙ったんだ。これが実現したのは小泉が総理になって衆議院を解散してまでやった郵政民営化後だった。これが第二の疑問に対する答えだ。第三の疑問は同じ第二次大戦敗戦国のイタリアで似たような事件が起きている。アメリカの要求に表立って逆らったモロ首相がマフィアの手で誘拐され、その後ピストルで射殺されていたのが見つかった。これは見せしめのために行われたと言われており、米政府高官が裏で糸を引いていた事が後で分かった。パキスタンのブット大統領も似たような手口で殺されている。これが第三の疑問の答え。第四と第五の疑問は答えが共通している。いずれも日米のメディアが大きな役割を果たしているということだ。そして、**「ワドル元艦長には過失はない、与えられた任務を遂行しただけだ」**という事が退職後の処遇に表れている。もちろんメディアに詳しい内容が知らされていた可能性は殆どない。単に利用されただけだ。第六の疑問はアメリカCIAが動いた可能性がある。もともと戦後の日本の暴力団は、CIAに雇われていたという証拠があるんだ。民主党の某代議士は国会で爆弾質問をしようとした矢先、自宅前で斬殺されたが、あれもCIAに雇われた暴力団関係者の仕業だ。そして、検察もCIAから圧力をかけられている。それは、日本の検察とCIAは毎年定期的に意見交換をやっており、深い関係にあるからだ。これが第六の疑問の答えだ。こうしてみるとこの六つの疑問に対する共通の目論見が浮かび上がってくる。それは、これら一連の出来事は、より大きな目的のために仕組まれて実行された壮大な陰謀行為ではないかという事だ。その目的とは、**「小泉を日本の総理大臣にして意のままに操る事」**だ。

「ああ、それは俺にもわかる。しかし、どうやって小泉を操るかは問題だな。何たって小泉は変人だから、人の言う事なんかまるで聞かない。あの後見人を自任していた森元総理だってお手上げだったじゃないか」藤巻は皆目見当がつきかねる、という顔つきで三四郎にたずねた。待ってましたと三四郎は答えた。

「だからこそ奴らは小泉を選んだんだ。人の言う事を聞かない事が却って小泉の弱点なんだ。頑固者だという事はいったん転向すると、二度と後に戻らない。また、もう一つの盲点が気が小さいという点だ。だから何かの方法で徹底的に脅迫されたのに違いない。そして、仕上げは洗脳だ。アメリカでもレーガン大統領が洗脳されていたという噂があるんだ。その疑いを如実に示すエピソードがあるから教えてやろう。2005年9月11日の郵政民営化のための衆議院解散騒ぎの事を覚えているだろう。あの時、小泉内閣の閣僚二人が、解散証書の署名を拒んだ。俺はその内の一人と直に話した事がある。その閣僚は閣議の途中総理と二人だけで話し合うため別室に入った。そこで押し問答をしたというんだ。その時こう言ったそうだ。『総理、この解散で自民党が勝てる保証はどこにもない。もし負けたらあなたはどう責任を取るんですか』と問い詰めたところ、途端に、小泉は異様な顔つきと目つきをしてその閣僚を見据え、『**いや、俺は殺されてもやる。絶対に勝つんだ！**』と言ったという。そしてその閣僚は小泉に尋常でない雰囲気を感じたので、それ以上の説得を止めたんだ。これで何がわかるか……。それは小泉が人間技でない異常な決意でこの解散を実行しようとしていた事だ。それは普通ではできない、狂った人間のする事だ。そこから想像できるのはただひとつの事実。**つまり、確かに小泉は何かの方法でマインド・コントロールされていたんだ。**そうして、そのために壮大な陰謀が長い期間に亘って計画され、実行されて来たという事だ。これで一連の出来事の流れが全部説明できる。かなり早い段階で小泉はこのために選ばれ、洗脳されたに違いない。小泉が首相を辞めるとき、なぜあれほど嬉しそうにはしゃいだか。それは洗脳された者が目的を達成した時の達成感と開放感とが一気に現れてあのような異常なはしゃぎようになったとしか考えられない」

「ふーむ。お前の説はわからないでもない。だが、仮にお前の説が正しいとすると、それほどまでする奴らの目的は何なんだ。俺にはそれがピンと来ない」

「それは日本の持っている莫大な富だ。アメリカは戦費が足りない。ＦＲＢがそのためにいくら不換紙幣を印刷しても所詮は紙切れだ。富の裏づけがないから最終的にはインフレを誘発して米国民が負担させられる。そこへもってくると、日本の郵貯・簡保の３４０兆円は日本の富が裏づけになっている正真正銘のマネーだ。彼らはそれが喉から手が出るほど欲しい。つまり日本の富のアメリカへの移転が彼らの目的なんだ。そのために俺はお前にこの前からマネーのカラクリを話していた訳だ」

「うん、わかった。要するに郵政民営化はそのための陰謀だったという訳だ」

「そこでだ、これら一連の俺の推理は、事件の流れの中で各所に見出される『状況証拠』を繋ぎ合わせて得られたものなんだ。単に一つひとつの出来事を、バラバラにして見たのでは意味のある答えは出せない。始めに俺が言ったように、全体を俯瞰して初めて一連の意味が理解できるんだ。ただし、俺の推理が完璧などとは思っちゃいない。『えひめ丸事故』は本当の事故だったかも知れない。しかし仮にそうだとしても、その直後のメディアの対応は胡散臭いとしか言いようがない。森を意図的に追い落としにかけたのなら、事故だって意図的だった可能性は否定できないじゃないか。いずれにしても一般の人がこれを理解できないのは出来事の一つ一つが余りに身近すぎて、要するに『木を見て森を見ず』という状態に陥ってしまうからなんだ。だから、俺がこれを暴露したら、奴らに命を狙われるかも知れないな（笑）」

「いや、それはないだろう。でも、薄気味悪い話だ。これ以上深入りするのはよせ」

三四郎は、藤巻の言葉は無視して何かを考えていた。そして言った。「今日はこれくらいにしよう。また次に話してやるよ」そう言って黙り込んでしまった。藤巻は青い顔をして、三四郎の家を出た。彼のうしろ姿には心なしか何かに怯えたような様子が見えた。

三四郎は帰っていく藤巻のうしろ姿を見送りながら心の中でつぶやいた。「これで何もかも説明がついた。はっきりしたじゃないか」と。だが、彼は何となくすっきりしなかった。藤巻には言わなかったが、何かが喉の奥に引っ掛かって、出てきそうで出てこないもどかしさを感じていた。「ただ何となく出来過ぎている、説明がつき過ぎる、完全にぴったりだ、これでいいのか……」そうだ、**出来過ぎているんだ、完璧過ぎるんだ**。世の中に完全無欠な事なんてある訳がない。これじゃあまるで完全犯罪ではないか。何となく不安な思い。俺がおかしいのか。**いや、そうじゃない。答えはアメリカ政府なんかじゃない。もっと巨大な、途轍もない力が働いている。富の移転なんかでは辻褄が合わない。そうだ、目的はもっと他にある。**あの、出来損ないの9．11テロのような不完全な仕事ではない。まさに水も漏らさないように仕組まれた仕事だ。そこまで考えると、三四郎は急に背筋が冷たくなって、言い知れぬ恐怖感に襲われた。彼は急いで戸締りをし、ベッドに潜り込んだ。そうだ、夕飯を食っていなかった。いや、そんな事はどうでもいい。やがて三四郎は寝入っていた……。

三四郎は、突然後ろから声を掛けられて、驚いて振り向いた。それは聞き覚えのある声だった。

「おい、草野君、君の文章、読ませてもらったぞ。うん、よく出来ていた。君の書いている通りだ。だがな、あれは悪い冗談だ。小説としてはよくできた話だが、ちょっと現実的ではないな。**冗談だよ、悪い冗談！**」

その声の主は小泉だった。そして、あの直談判したという閣僚の一人が見たはずの、異様な眼を光らせて、ふ、ふ、クッ、クッ、と笑ったかと思うと、フッと消えてしまった。と、そこで眼が覚めた。三四郎は、何だ、夢か、と思ったが、何となく現実の顔を見、声を聞いたようで、そのあと頭が冴えて明け方まで眠れなかった。

夜が明けると、眩しい11月の陽光が窓を通して射し込んでいた。天地は光であふれかえっている。そしてこの世の中に不可解な事など何もないように思える。三四郎は、夜と昼とでこうも天地がでんぐり返るのはなぜだろうかと、不思議に思った。

四

三四郎は、ある日藤巻の呼び出しを受けた。指定された喫茶店へ行ってみると、見知らぬ人物が一人同席していた。聞くと投資コンサルタントという事だ。藤巻は例によって前置きを抜きにして本題に切り込んできた。

「三四郎、この男は俺の古くからの友人で北川というんだが、信用は置ける。お前の話をどうしても聞きたいと言うんだ。お前は銀行員に似合わず人見知りをして、事前に言うと断るから黙って連れて来たんだ。頼むよ」

「どうかよろしく」と三四郎はおざなりな挨拶だけはしておいた。

藤巻はちょっと顔を顰めたが、口には出さず、

「ところで、この前の話は確かに驚くべき内容で、俺は初めて聴く話だった。お前の推理力には脱帽だが、色々の話の中で俺が最も興味を持ったのが、バブルはなぜ起きたか、という事だ。お前の言うアメリカの不動産屋が火を付けてまわったという話はいまいち真実味のある原因とは思えなかった。どうも根本的な原因はもっと他にあるんじゃないかと思う。その辺の事情は

お前の事だから、何か掴んでいるんだろう？」と聞いてきた。

「うん。その通り、あの話はバブルのきっかけになったのは事実だが、直接の原因とは言えない。また、日本が戦後最大の繁栄を迎えていた時と、バブルとの間には大きく抜け落ちている事実がある。まさにこれはミッシングリングとも言うべき事実なんだが、この事実が理解されないと、バブルの本当の原因は解らない。そのうえ、『人の噂も７５日』というように、忘れやすい日本人の特質を考えると、バブルの前後に何があったのかという事さえ既に記憶にないと思う。というより、バブルの原因なんて知ろうとも思っていないんじゃないかな」

「そこなんだ、俺が不思議に思うのは。だって、多くの日本人はバブルに踊らされ、バブルに痛めつけられたはずなのに、その原因を知ろうともせず、結果はもう忘れてしまって記憶にない、というのでは余りに単純すぎるんじゃないか。その当時は多くのメディアが様々な報道をしたはずなんだが、現象ばっかり追いかけて、その原因や予想された結末などはキチンと国民に知らさなかった。こうならないためには地道な取材が必要なんだが、デスクにしてからが目先の成果ばかり気にして追い掛けるからこうなるんだ」

「そうなんだ。問題の本質はそこにある。俺がいつもお前に言うように、だからお前が耳たこになると言って文句を言うんだが、日本のメディアの質の低さがこんな状況を作ったような気がする」三四郎はそれ見た事かと日頃の敵を取ったような気分になった。

そして、大きく深呼吸をするように息を吸い込んでから言葉を続けて、

「バブルが起きようとしていた時、日本とアメリカがどんな状態であったかもう一度思い返さなければ理解の糸口はつかめない。〝その時〟とは日本の経済状況が戦後最良の時であり、アメリカは最悪の状態だった。時のアメリカ大統領はレーガン、日本の首相は中曽根だった。当時のアメリカはインフレの抑制を図るため厳しい金融引き締めが行われ、金利は二桁に達し、ドルは実力以上に高めに推移していた。いわゆる『ドル不安』が起こった。これを回避するためには円高ドル安への誘導を計ることが必要だった。そのため、先進5カ国蔵相・中央銀行総裁会議が、1985年9月ニューヨークのプラザホテルで開かれたんだ」

「そう、それは俺もよく知っている。その時の合意がいわゆる『プラザ合意』と言うんだったな」藤巻は三四郎に続きを促すようにして言った。

「実は、この会議ほど表向きの議題と討議された実質の中身が違うものも珍しい。表向きはドルの安定化策を検討することだったが、実質は財政破綻しかかっていたアメリカ経済をどう救済するかということだった。そして、いくつかの合意をみたのだが、『プラザ合意』として発表された中身は実質と違うものだ。どうもこの辺の内容が、国民に詳しく説明されたとは思えな

いんだ」

「それは、例によって政府が、重大な問題を秘密にしたという事か？」

「そうだ。ほかの事は抜きにして、プラザ合意前の対ドル円レートは１ドル２３５円だった。これが１年後にはほぼ半減して１２０円台に下落した。という事は何を意味するか解るか？円が高くなってドルが安くなるという事は、米国製品を買うとき円の価値が上がる事であり、米国債を日本に売る行為、つまりアメリカが日本に借金をする行為では、ドルの価値が半分になれば、半分になる前にしていた日本への借金の実質もまた半分になる。つまり、日本から見れば、日本が持っていたアメリカでの資産の価値が半減したということになる。おそらく民間が持っていた資産はまだそれほど多くはなかったはずだが、**政府資産としては米国債を中心にして莫大な額に達していたはずだ。これが半分に目減りしたという事なんだ。**こんな事は一言も国民には説明されていない。少なくとも俺は政府が説明した事実は聞いていない」

「何だと？　そんな話は俺も知らなかったぞ」

「残念ながら、国民の殆どはこんな状態で、何も知らない。何かのついでに説明はされたんだろうが、メディアが詳しく取り上げない限りは国民の理解があったとは思えない。当時いくらの米国債が保有されていたか政府の正式の記録もないが、恐らく１００兆円は下らないという莫大な金額だ。まあ、早く言えばそれを半額に負けてやったようなもんだ。ところがもう一つ見逃せない事実があるんだ。ＦＲＳつまり連邦準備制度では米国債は売るにも買うにもＦＲＳを通さなければ出来ない決まりになっている事だ。だからこそプラザ合意の際に、時のＦＲＢ議長のポール・ボルカーが会議で重要なリード役を果たしたんだ。そして、この事は昨年決定した郵政民営化でも引っ掛かっている。既に郵貯・簡保の３４０兆円のうち、２００兆円は米国債に変わっている。米国債はアメリカ政府、正式にはＦＲＢの了解がなければ売る事も買う事もできない。ＦＲＢは日本が大量に保有している国債を日本の事情で売りたいといっても、彼らがアメリカ政府の利害を代表している限り、国債を売りに出される事が米国経済に打撃を与えると判断すれば、売る事を了解する事は絶対にない。つまり売れもしないただの紙切れだという事だ。さらに言えば、プラザ合意のように意図的に為替レートを操作すれば、価値は簡単に下落する。そして、それを知った国会議員が郵政民営化に反対したんだが、政府はもちろん、マスメディアがこぞって民営化反対議員は抵抗勢力というレッテルを貼って、抹殺しようとしたんだ」三四郎は言った後で、ため息をついた。

「その事は何となく知ってはいたが、これほどはっきり言われれば、政府もメディアも売国奴というしかないな。いまさら郵政民営化反対議員を自民党に復党させるというのは茶番でしかないじゃないか」藤巻は目を据えて怒りを表しながら言った。

　ここで、やおら北川が口を開いた。

「草野さん、私はプラザ合意のとき投資家に大損をさせてしまいました。それまで投資の中で米国債は比較的安全だと見られていました。専門的にはリスク計算をするんですが、大きな投資分野の中ではリスクが小さい方です。それでも私は過去の失敗に懲りていましたから、今回の郵政民営化は胡散臭いと感じたので、当初から反対でした。確かに米国債は金利の点では魅力的ですが、為替レートがＦＲＢの意図に左右されるようでは投資の対象とはなり難いですね。だから藤巻からあなたの話を聞いて、大変興味を持ったのです」

「いや、北川さん。一番の損は国民がかぶったんです。極言すれば、**プラザ合意によって日本がアメリカの赤字解消の手助けをした**、というのが本当です。時の内閣総理大臣中曽根康弘と大蔵大臣竹下登のこの決断は、日本国民の資産をアメリカに売り渡した売国行為として、メディアは徹底的に糾弾すべきでした。本来為替レートなどを政策誘導する場合、事前に国民に十分説明した上で、ソフトランディングさせるべきなんです。つまり、急激な経済へのインパクトを避け、投機的資金の流れを防ぎ、市場の安定性を確保、需要と供給のバランスを取って、自由かつ柔軟な取引を確保すべきです。いくら急を要するといっても、ドルが不安定になっていたのは昨日今日に分かった事ではないはずです。また今回の郵貯・簡保の資金２００兆円にしても、国民の殆どは自分が郵貯や簡保に貯金してないから被害はない、と思っているかも知れませんが、それは間違いです。２００兆円が前回のプラザ合意の時のようにドル安によって目減りしたとすると、日本国民の購買力がそれだけ低下するわけですから、被害はすべての国民に及ぶんです。その上この被害は所得の低い人ほど負担が大きいという不公平をもたらす事になります」そこへ藤巻が横から口を挟んだ。

「プラザ合意のあと、どういう訳でバブルが起こったんだ？」三四郎は、

「この合意のあと日本では急速に円高が進行したんだ。輸出産業が多い日本は、円高不況を防ぐため低金利政策が採用され、継続された。これが、不動産や株式への投機を拡大させ、バブルの原因になった、というのが一般的な見方だ。それまで日本人は銀行の定期預金が資産運用の定番だったが、金利が大幅に引き下げられてからは株や不動産での運用が広まったんだ。特に永久に土地価格は値下がりしないという土地神話がバブルに走った原因でもある。だが、これだけでバブルの火の手が上がった訳でなく、乾燥した紙くずに火を付けて廻る輩がいた事はこの前の説明の通りだ。そのうえ余計な現象もおきている。安くなったドルを反映して、米国資産の買い漁りや、海外旅行ブーム、賃金の安い国への工場移転などが相次いだんだ。これで、

成功した例もあるが総じて失敗したり厳しい対応を余儀なくされた産業が多い」

「だがな、お前のこの前の話では、バブルは意図的だとの見方だったじゃないか。そうだとすると何か根拠があるんだろう？」

「その通り。実はこのプラザ合意の本質は日本から破綻に瀕したアメリカへの富の移転という大目的があったんだ。無論、円高ドル安だけが目的ではない。結果的には米国債の価値が半分になったんだから、日本の資産は半減した事になる。それだけではなくて、バブルを煽ってアメリカの不動産を買わせ、ある時期を待ってドル高にして結果的に日本人の民間資産をアメリカに移転しようとの陰謀だ。これはまんまと成功した。では、なぜこれが成功したのか種明かしをしよう。米ドルは一時７８円まで値下がりしたため相対的に米国内の不動産が割安になり、折からのバブル経済の最盛期に日本のにわか成り金だけでなく、多くの銀行や企業が競ってアメリカの不動産や名画を買い漁ったんだ。これがバブルが弾けると途端に資金がショート、同時に円安ドル高に振れた為替レートにも追い討ちを掛けられる形で買ったときとは大違いの言わば捨て値で逆にアメリカ資本に買い叩かれてしまった。結果として甚大な差損が生じた事は言うまでもない。実はプラザ合意を主導したのは首相や大蔵大臣じゃない。時の大蔵省には日本を代表する『通貨マフィア』といわれた人物がいたんだ。大蔵省の国際金融局長をしていた

『行天豊雄』という。彼はＦＲＢのポール・ボルカー議長と近く、正真正銘の国際派だった。ところが、この行天という人はもう一つの顔を持っていることは、余り知られていない。国際金融財閥のロックフェラーによって設立された『**日米欧・三極委員会**』の日本の枢要なメンバーなんだ。実はこの三極委員会というのが曲者で、世界を北アメリカ、西ヨーロッパ、東アジアの三つの経済圏にまとめ、支配しようという野望を持つ組織なんだ」

「ああ、その組織なら私も聞いたことがあります」と北川が言った。

「一体何だ、その三極委員会というのは」藤巻は思わぬ方向に話が飛んだので興味津々で口をはさんだ。北川が言葉を継いで言った。

「三極委員会というのは秘密でも何でもないんです。ですが、その上部組織である『**ビルダーバーグ・クラブ**』は世界を一つにまとめ、世界政府を樹立して支配しようと目論む、国際金融グループや政界の大立者が集まって結成された秘密結社なのです。このメンバーには元米国務長官ヘンリー・キッシンジャーがいます。そして、行天氏は東京銀行の会長も歴任しており、まさに日本の金融の大御所的存在で、大蔵省財務官当時は“ミスター・ドル”とも綽名されたほどの金融のプロです」三四郎はこの後北川の言葉を引き取って、

「つまりだ、日本の富のアメリカへの移転に当たっては、日本の財務当局が手引きをした、と

いうことなんだ。もちろん、アメリカが財政的にいき詰まれば元も子もない、と言うのは分かるが、かと言って日本のなけなしの資産をアメリカにくれてやるという法はない。ロスチャイルド財閥は19世紀のヨーロッパで財を成したが、その手法は敵味方の両方に軍資金を貸し付け、結果として双方とも戦争を継続しなければならないように仕向けて、儲けているんだ。そこには冷徹なまでの打算があった。俺が思うには、日本人はいいように利用されていると思う。要するに人が良すぎるんだ」

「ふーん、それじゃまるで大蔵官僚は連中に乗っ取られているようなものじゃないか」藤巻は腹立たしげに言った。

「そうだ。しかし彼らには彼らの信念があるんだろうが、基本的にはアメリカこそ世界で最も進歩的で優れた国である、という思い入れ、これは俺から言わせれば、刷り込み、若しくは洗脳に近い考えだが、そういう国に協力する事は結果的に日本のためになる、と信じこんでいるんだ。これは一種の信仰に近い」藤巻は理解不能といった感じで口を開いた。

「そんな理由のない思い込みが正しい筈はない事が、なぜ高等教育を受けた彼らに理解できないのか、不思議だ。評論家の立花隆氏は、東大生はバカになったか、と言っているが、これは東大生のものの考え方が偏っている事を指摘して言ったことばじゃないかと思う」

「そうだ。だがそれは、彼らのほとんどがアメリカでの教育を受けているからなんだ。教育の力は大きいと知るべきだ。例えば、フルブライト留学生で、戦後の日本は多くの優秀な人材がアメリカで高等教育をうけている。素朴な日本人は、アメリカ人のおかげで、優れた人材を得る事が出来たと感謝しているが、俺にすれば、とんでもない欺瞞だとしか思えない」

藤巻はタバコの煙を吐き出しながら、口を開いた。

「なあ、三四郎、俺にはまだどうしても解けない謎が残っているんだ。それはどういう事かというと、バブルが弾けて不良債権の山が残った、とよく言うが、銀行が損を抱えたのはわかる。だがなあ、世の中誰もが損をするわけじゃない。損をする者がいれば、必ず得をする者がいるはずだ。しかしバブル後の日本を見渡しても、銀行をはじめ誰もが損をしたと言うばかりで、得をしたという人はいない。これは一体どういう訳なんだ？　一説には銀行が不良債権として抱え込んだ金額は数百兆円と言われているにも関わらず、儲けた人間はどこにも見当たらない。それともう一つ、超低金利でこの15年間に銀行が国民から吸い上げた遺失利益は300兆円にも上るといわれている。それでも銀行は残った不良債権の処理にあと4〜5年はかかるというんだ。これはなぜなんだ」

「その事は俺も考えた。マネーの原理として数百兆円という不良債権が発生したという事は、一方では数百兆円ものマネーが市中で利益として動いたということだ。このカネは一体どこへ消えたのか。この金額は日本の国家予算の数年分にも上るが、国内にそれだけ儲けた奴がいれば、噂にならないはずはない。また、日本がこれほど不況であるはずがない。政府はいざなぎ景気を超えたとか何とか出鱈目を言っているようだが、こんな事は嘘っぱちだ。日本にないのなら外国へでもいったのか、と言いたくなる。そうなんだ、考えられる唯一の答えはアメリカだ。答えはアメリカへの富の移転だったんだ。金銭の取り引きというのは回を重ねると、もとのマネーがどこへいったのかわからなくなる。これと同じ事が日本のバブルで起こったとしか考えられない。つまり、バブルの本当の姿とは、アメリカへの富の移転のための陰謀であった、という事だ。日本はプラザ合意以降二重三重に富をアメリカに吸い上げられた事になる。それができた背景には、政府とメディアの欺瞞に満ちた策略があったということだ」

「という事は、またまた例によって日本人は騙されたということか。これではどうしようもないな。防ぐ方法はないのか?」

「ない事はない。しかし、思い起こすべきは、こんな金融システムがなぜ出来上がってしまったかを考えなきゃいかん。諸悪の根源はただの紙切れでしかない不換紙幣の制度にある。この制度を合法化したのはＦＲＳを始めとする、中央銀行制度だ」三四郎はいつもと同じようにまた暗澹たる気持ちに襲われた。この矛盾を指摘した人間はまだ日本にはいない。いや、何人かは気が付いたかも知れない。しかし、今の日本ではそれを公に言うバカはいない。言えば、痛い目にあうのはわかり切っている。そんな冒険を犯す必要はさらさらない。安穏に暮らしていければそれでいいではないか。その内皆が気が付いたら、誰かが何とかするだろう。それまではまだ時間がある。それに何も自分がやることはない。そう思うと三四郎は心が寒くなった。彼は二人に言った。「もう俺は帰るから、続きはまたにしよう」そう言い残して、後も振り向かずに喫茶店を出ていった。残された二人は、何か言おうとしたが、その間はなかった。

五

三四郎はこの前のように家に帰ってからも暗澹たる気分が消えなかった。そして、人類の歴史の皮肉を考えてみた。彼は2年前からユダヤ人がいかに世界の歴史に関わってきたかを追い求めてきた。その結果、思いがけない真実に行き当たった。それは、いま世界で重要な動きをしている「ユダヤ人」達の殆どは本物のユダヤ人ではない、という事実だった。その人達を「アシュケナージ・ユダヤ人」と言う事も知った。その人達が、ロシアやポーランドでの差別や迫害を逃れて「イスラエル」を建国するという「シオニズム」運動を起こした事を知った。彼らにはそんな権利はないはずなのに……。その結果、中東紛争を生み、アラブ対イスラエルの戦いをエスカレートさせた事も知った。

しかし、歴史の真実は他にあることが分かった。それも巧妙に隠されている事を知った。その一つの証拠が「日露戦争」であるという意外な事実も知った。

と、思いを巡らせているところへ、携帯が鳴った。はて、誰だろう、と思って電話に出ると、「もしもし、北川ですが」と夕方別れたばかりの北川が急き込んで話しかけてきた。

「草野さん、先ほどはありがとうございました」

「いや、こちらこそ、突然席を立ったりして失礼しました。あれ以上話をする気が急になくなってしまって……」

「いや、それはいいんです。それよりも、あのあと藤巻と話し込んでみたんですが、どうもあなたの事が気になって、話の続きをどうしてももう一度お聞きしたいと思って電話しました。失礼とは思いましたが、携帯の番号は藤巻から聞きました。差し支えなかったらこれから食事でもどうですか」

「それはいいんですが、藤巻も一緒ですか」

「いいえ、あいつは来ません。しかし、あなたの事を随分心配してましたよ。考え込んで、自殺でもするんじゃないかってね。私はそうは思いません。あなたにはあなたなりの考えがあるんだろうと思っています」

「へぇ、あいつがそんな事を言いましたか。私は自殺などしませんよ。そんな事をするくらいなら、こんな事を考えたり追求したりしません。もっと平穏に暮らすことを考えています」

「そうですか。それなら心配はいらないですね。ところで、さっきラジオでちょっと気になるニュースを流していました。例の住基ネットの違憲判決を出した大阪高裁の判事が自殺した、というんです」

「えっ、本当ですか。あの判決は最近にない画期的なものだと私は評価していたんです」

「その事も含めて、電話では何ですから、これから市内へ出て来られませんか」

「わかりました。すぐ支度をしていきます」

三四郎は、場所と時間を打ち合わせて、そそくさと出かけた。


場所は、難波の繁華街から少し入ったところの、フランス料理店だった。北川は先に来ていて、料理を注文しているところだった。

「やぁ、せっかく帰宅されてお寛ぎのところ、呼び出したりして恐縮です。料理は私が適当に注文しておきました」と北川は言って、ワインのボトルを差し出した。

「赤ワインですか。私はフランス料理にはあまり知識がないんで、決めていただいてありがたいです」と三四郎は言って、ワイングラスに深い赤紫色の液体を満たし、北川のグラスとカチリと合わせた。

「ところで、さっき北川さんが言っておられた話は本当ですか」

「本当です。６４歳の大阪高裁判事です。家族は死因を公表して欲しくないと言っていたそうですが、今朝自宅で首を吊っていたらしいです。NHKのニュースだから間違いないでしょう」

「だとすると、それは腑に落ちませんね。裁判官が自責の念に捉われるのは、死刑や無期など、被告に対して非情な判決を言い渡す時でしょうが、この判決は国に対して不利な判決であって、裁判官が自責の念に駆られる事はないはずです。むしろ困るのは国の方で、そういう意味では、もしかすると裁判所の上層部から何らかの圧力があったんではないかと思います」言い終わって三四郎はいやな予感に襲われた。それから、間を置いて北川が言った。

「多分、おっしゃるように上層部からかなり強い叱責があったんじゃないでしょうか。というのは、私の親友の一人が裁判官をしていて、日頃よくこぼしていました。俺は裁判官なんぞになるんじゃなかった、とね。つまり、体制に反するような判決を出したりすると、上司からかなり露骨な圧力があり、出世にも影響がある、というんです」三四郎は北川の言葉を受けて言った。

「この住基ネットというのは、大変なしろものなんです。個人のプライバシーなどはまるで眼中にない。国民をコントロールするための体制側の陰謀なんです。おそらく日本政府はそこまで考えていないでしょうが、世界政府の樹立を目論んでいる、あるグループは、住基ネットを発展させて、個人を監視するための『マイクロ・チップ』を体内に埋め込むことまで計画しているというんです」

「何のためにそんな事をするんですか？」

「監視から始めて将来は個人の感情のコントロールを行うという事です。アメリカでは既に一部の認知症患者や犯罪者に対して実施されているそうです」

「その最終目的は何なんですか？」

「政府に反抗する者を無くすためです。彼らはこれを『洗練された奴隷制』を実現するために必要だと言っています」

「そんなバカな！　今どき奴隷制なんてナンセンスだ」と北川は声を荒げた。

「だから、住基ネットを否定する事は、体制側としては非常に困る訳なんです」

「という事は、そんな判決を言い渡した裁判官はけしからんという事ですか？」

「そうとしか考えられませんね」

「なら、それで圧力をかけるというのは、体のいい脅迫じゃないですか」

「そう言った方が正確かもしれません」

「何という世の中だ！」北川は憤慨に顔を引きつらせて言った。

「そうなんです。さっきもちょっと言いましたが、日本の権力者、特に高等教育を受けた官僚などは、極端にアメリカナイズされています。米国式というのが彼らのスタンダードなんです。ですから、アメリカのやる事は何でも正しいと思い込んでいる節があります。これは洗脳に近い思い込みですね」

「ああ、だから国民をコンピュータで管理する事が真っ当な手段だと信じてやっている訳ですか」

「そうです。でも、この考え方は『世界政府』を樹立する一つの方便なんです。そして、この考えを生んだグローバリズムにはかなり古い歴史が存在するんです」

「というと?」

「19世紀に入って、ユダヤ人がそれまでの差別や迫害の連鎖から解き放たれて、金融事業で成功し、世界のマネーを握るようになってからその考え方が始まっているような気がするんです。その根底には彼らが差別と迫害の歴史から受けた民族としてのトラウマ、言い換えるならば、被害者の抑圧意識が働いていると思います」

「それも無理からぬ面がありますね」

「その無意識の働きが彼らの行動様式のパターンを作っている気がします。だから、彼らが関係した歴史上の出来事には、必ず表面に現れない隠された意味というか、歴史の皮肉な側面があるんです」

「ところで、草野さん。私はあなたが共産主義の台頭に、ある疑問を持っている、と藤巻から聞きました。今あなたが言われたユダヤ人金融業者の台頭と大きな関係があると思っています。実はあなたにお会いしたかったのは、その事をお聞きするためだったんです」

「それはその通りですが、なぜあなたは共産主義の台頭なんかに興味があるんですか？」

「私も共産主義の出現について疑問を持っていたんです。マルクスもレーニンもトロツキーもすべてユダヤ人です。ユダヤ人というのは差別され、迫害され続けて、歴史上大変不幸な運命を強制されてきた民族です。そのせいか、ことお金（マネー）に関しては異常な執着心を持っています。現在世界の大金持ちの多くはユダヤ人です。それは私のやっている投資コンサルタントにとっても大変興味のあるところです。つまり、なぜユダヤ人なんだ、という事が大いなる疑問なんです。そして、共産主義の出現にユダヤ人が関係していたという事は、そこにマネーの絡む余地があったように思うんです」

「北川さん、あなたの疑問はごもっともです。日本人の多くがなぜその疑問を持たないのか、私には不思議なくらいです。ただし、この話には大きな欺瞞があるんです。あなたが言っているユダヤ人は、実は本当のユダヤ人ではないんです」

「えっ、何ですと？　ユダヤ人ではない？　だったら彼らは一体何者なんです？」

「彼らはトルコ系カザール人の子孫です」

「何ですか、そのカザール人というのは。そんな国があった事も知りません。とすると、彼らは旧約聖書のユダヤの民、イサクやヤコブの子孫ではない、という事なんですか？」

「そうです。彼らと本当のユダヤ人とは血の繋がりは全くありません」

「という事は、本当のユダヤ人と呼ばれるべき人種はもうこの世に存在しないということですね」

「いいえ、そうではありません。少し正確に言うと、ユダヤ人と呼ばれる人達には二種類あるんです。正統的ユダヤ人は『スファラディ』と言われ、スペイン、ポルトガルなどの地中海沿岸に移住しており、現在では人口が１５０万人程と言われています。彼らこそが旧約聖書のユダヤの民の子孫なのです。もう一方は『アシュケナージ』と呼ばれ、ドイツ、ポーランド、ロシア出身の人達で、いま言ったようにトルコ系カザール人の子孫です。カザール王国は西暦５～７世紀ころカスピ海沿岸に栄えた騎馬民族の国で、その祖先はスキタイと言われていますが、まだ立証されてはいません。そのスキタイは後に中国国境で恐れられた匈奴とも言われ、勇猛果敢かつ極めて残忍な民族であり、後のフン族やモンゴル族に多大の影響を与えたとも言われています。現在も莫大な富を誇るロスチャイルド家の家紋について、ある有名な話があります。それは五本の矢の逸話です。初代ロスチャイルド卿には五人の息子がいました。同じようにスキタイの古代のある有力な王にも五人の息子がいたそうです。その王は死の床で息子たちを集め、五本の矢を束ねて、折らせようとしてみたが誰も折る事はできなかった。しかしそれを一本にすれば簡単に折れるように、息子たちの結束を諭した、という逸話があるんです。ロスチャイルド卿もこの逸話を息子たちに話して聞かせ、バラバラになれば必ず家は滅びる、と言って結束を誓わせ、戒めの意味で五本の矢を家紋にした、というのです。この事はロスチャイルドの出自であるアシュケナージ・ユダヤ人がスキタイの末裔である事を示唆しています」

「では、彼らがなぜユダヤ人と呼ばれたのですか」

「それは、ある事情によって、紀元740年頃、カザール王国の国民がすべて一夜にしてユダヤ教に集団改宗したんです。その時以降彼らは自分達の事をユダヤ人と言っています。ですから、この事は昨日や今日始まったことではありません」

「とすると、ポーランドでのホロコーストにおけるユダヤ人とは、そのアシュケナージ・ユダヤ人だったという事ですか？　では、彼らは本当のユダヤ人でもないのに、なぜ大量虐殺されたんですか？」

「実はその事こそ、歴史上の大変な皮肉なんです。日本人でその事を知っている人はほとんどいません。しかし、ヨーロッパの人達は知っています。知っていて言わないんです。これをタブーと呼んでいます。つまり、アシュケナージはユダヤ人というよりも、ユダヤ教を信じたために、その教義によって差別された、という事なんです。その上ホロコーストと呼ばれる大虐殺はポーランドだけで起きた事ではないんです。ロシアでたびたび起きています。これをポグロムと言っていますが、正確な被害者の数はかつて記録されたことはありません。一番ひどかったのが西暦１９００年頃です。そして、その直後にロシア革命が起きて、共産主義が台頭するんです」

ここで、注文していた料理が運ばれてきた。二人はしばらくナイフとフォークを使って料理を楽しんでいたが、先に三四郎が口を開いた。

「北川さん、ところであなたはロシア革命がなぜ起こったと思いますか」

「歴史の教科書では、ロシア皇帝のツァーリズムに対する、ボルシェヴィキの反抗が原因ではないのですか？」

「学校の世界史では、そのように教えていますが、それは表面的なとらえ方に過ぎません。本当はユダヤ人金融業者の陰謀です」

「へぇ、それは初耳だなぁ。もっとも革命にはユダヤ人金融業者が関係していたという噂は聞いた事がありますが、そのユダヤ人とロシアのユダヤ人とがどう関係があるのかわかりません」

「ロシアのユダヤ人とは、レーニンやトロツキーの事ですか？」

「そうです。当時の帝政ロシアには金融業者と呼ばれるほどのユダヤ人はいないはずです」

「その事はあとで触れますが、ロシア革命はレーニンとトロツキーによって起こされたと一般には言われています。しかし、革命は二度起きているんです」

「ええ、それは知っています。初めの革命は3月革命でしたね」

「そうです。最初のは、アレクサンドル・ケレンスキーの指導のもとに、社会主義者の暫定政府が作られました。この時ニコライ二世が退位させられてロマノフ王朝が終わり、1917年7月にケレンスキーが首相に就任しています。しかし、この3月革命の時にはレーニンとトロツキーはロシアにいませんでした。レーニンはスイス、トロツキーはアメリカにいて、革命のための宣伝文書を書いたり、講演したりしていました。つまり、ボルシェヴィキ（共産主義者）は革命の主役ではなかったのです。レーニンが帰国し、トロツキーが運動に加わって11月に二度目の革命が起こったと歴史は述べていますが、実は11月革命は革命ではなかったんです」

「では一体何が起こったんですか？」

「それはクーデターでした。もともと、ケレンスキー政権は力が弱く、完全にロシア全体を掌握していた訳ではないのです。レーニンとトロツキーは電撃的な実力行使でこのような暫定政府の弱点を不意打ちし、さらに賄賂とデマで兵士を味方につけ、闇に紛れて政府の建物と通信基地を制圧したのです。そんな大胆不敵な行動は誰も予測せず、抵抗は全くありませんでした。しかも、ロシア人大衆は何が起きたのか知らず、革命にあるべき『市民の声』は全く反映されていなかったんですから、これは到底革命というべきものではあり得ません。途中のいきさつは幾つかありましたが、宮殿になだれ込む群衆……、というソ連の歴史家と映画の物語は作り話です。結局この時のクーデターでは二人の士官候補生が負傷しただけで終わったのです」

話をしながら二人は食事を続けていたが、そのうち食事も終わり、食後のデザートになったが二人はそれを断り、コーヒーを頼んだ。運ばれてきたカップを口に運びながら、三四郎はしばし物思いに耽った。

もともと、革命以前のロシアは世界最大の農業国だった。ヨーロッパの穀倉地帯と言われていたのは誇張ではなかった。ウクライナの小麦生産地帯が、ヨーロッパのパン籠と呼ばれていたのはこのためだ。だが、革命が起こってからは農業が停滞し、この国を飢餓が襲った。生産を拡大したと自称していたスターリン以後ですら、ロシアは一度も食料を自給できなかった。

国民を養えない国が、何で工業化など達成できようか。だからこそ、アメリカのユダヤ人金融業者がソ連を相手に商売ができたのだ。１４０００機の航空機、50万台近い戦車とその他の軍用車両、４００隻以上の軍艦はアメリカが援助したものだ。このほか、原爆開発に不可欠なウランは、アメリカの供給総量のほぼ半分がソ連に供与された事実さえある。という事は、そもそもソヴィエトという国は、アメリカの援助なしには存在し得なかった国である……。

三四郎が物思いに耽っている間、北川は藤巻のように不用意に言葉をかけるような事はせず、じっと三四郎を観察していた。しばらくして、北川は静かに声をかけた。

「草野さん、何をお考えでしたか。あなたのように時折、深い物思いに入られる方には、思考の邪魔をすると不快な思いをされる事が多いと聞いていましたので、しばらく拝見しておりました」

「や、これは失礼しました。私は時々こういう事があるんです。悪い癖です。お許しください」

「とんでもない。そんな事より、いま考えておられた事を私にも話してみて貰えませんか」

「それはとりとめのない事なんで、さっきの話の続きの方をしましょう。11月革命、いや革命じゃない、クーデターなんですが、この時の状況を通信社ＵＰの特派員だった、ユージン・ライオンズという人が興味深い報告書にして出版しています。その中でこう書いています。『レー

ニンとトロツキーやその仲間たちは、絶対君主制を転覆させたのではなかった。……（中略）……政権を取って数ヶ月の内に、かつてレーニン主義者が非難していたツァーリの悪しき慣行の大半が、それも最も極端な形で復活した。政治犯、裁判も正式起訴もない断罪、反体制派に対する残酷な処刑、他の現代国家では考えられない多様な犯罪に対する死刑。その他の施策はその後の歳月に実施されたが、その中には他の全政党に対する弾圧、国内パスポートの復活、報道の国家独占なども、絶対君主制度下では一世紀以上も前に廃れた抑圧的慣行とともに含まれていた』と」三四郎はポケットから折りたたんだメモ用紙を取り出し、北川に示しながらしゃべった。

「私はこのメモ用紙をいつも持ち歩いていて、何かの折に纏まった文章にしようと思っているんです。今、あなたがご覧になったように、私は時折深い物思いに耽る事がありますが、その時すぐに文章が書けるようにしているんです」

「そうですか。それは私にもよくわかります」と北川は頷いて、三四郎に話の続きを促した。

「ですから、ロシアの11月革命は革命なんかではなかった。レーニンやトロツキーのやった事は、いわば反革命とも言うべき行為です。それについては理由があったんです。**彼らはユダヤ人金融業者に雇われていたんです。**つまり、彼らがニューヨークのウォール街から委ねられた任務は革命をひっくり返す事だったんです」

「へぇ、それが本当なら、世界中の歴史の教科書はすべて書き直すべきですね。私も少しは疑っていましたが、それほど具体的ではなかったんです」

「この事を暴露している文書は一つや二つではないんです。最もよく知られたものとしては、同じユダヤ人であった、アーサー・ケストラーの『目に見えぬ文字』という邦題がつけられた自伝です。彼はもと共産党員でしたが、この欺瞞に気付き、脱党した上、その秘密を暴露する自伝を書いたのです。恐らく彼は一時的にもせよ、そういう共産党に協力した事を後悔し、欺瞞を世間に公表する事で、自分の良心の呵責を軽くしたかったのだと思います。ケストラーという人はそれほど真摯な人だったのです。という事は、ユダヤ人にもそういう人がいるということです」

北川は三四郎の言葉の重さに、黙って頷きながら、次の言葉を待った。

「こういう欺瞞が何を意味するのか、という事ですが、ロシア革命とそれに続く**共産主義の台頭は、アメリカとイギリスに住むユダヤ人の金貸しが仕組んだ、壮大な陰謀だった**という事です。その証拠は至る所にあります。その第一の証拠というのが我々にも関係がある『日露戦争』なんです」

「そうそう、私がユダヤ人金融業者がソ連共産主義者と関係がある、と疑ったのはこの事なんです。ニューヨークのユダヤ人金融業、クーン・ローブ商会代表のジェイコブ・シフという人が、日本の対ロシア戦争のための戦時国債を半額引き受けているんです。彼はこの功績で明治天皇から勲章を受けています」

「その通りです。日本がロシアに勝つ事ができたのは、戦費が確保できたからです。もし、それができなければロシアは日本が到底太刀打ちできる相手ではありません。東郷元帥がバルチック艦隊を撃破できたのも、最新鋭の戦艦による艦隊を準備できたからです。当時のヨーロッパの有名な風刺画に、巨大な白熊へ、おもちゃのような刀を持って小さな日本人が立ち向かっている姿が滑稽に描かれたのがありましたが、現実はまさにその通りだったのです」

「そうですね、見方を変えれば、向こう見ずで勇気があったというより、世界の情勢を知らず、自らの力を知らない『井の中の蛙』に等しい日本であったと思います」

「実はこの時、ロシアという、時の大国に勝った事が、後の日本を不幸に導く事になりました。歴史の皮肉というのはこういう事にも表れています」

「それを言えば、中国の古い諺の『人間万事塞翁が馬』という事ですねぇ」

「その他にも証拠は数限りなくあります。原爆やミサイルの開発技術は、戦争に負けたナチスドイツの科学者を、戦後ソ連が連れて帰り、成功したと歴史で習いましたが、これは真っ赤なウソです。すべてアメリカの支援でした。ソ連の宇宙飛行士にはＮＡＳＡが開発した宇宙服が着せられています。そのうえ、何百人という技術者をアメリカの施設や工場で訓練をしてやっているんです」

「へぇ、そんな事までアメリカはしているんですか！」

「そうです。考えてみれば、ソ連という国はアメリカなしでは存在できない国なんです。北川さん、その事から想像できる結末は何だと思いますか？　勘のいいあなたの事だからわかるでしょう」

「もしかすると、東西冷戦の終結、ソ連共産主義の崩壊も？」

「その通り！　それも作られたシナリオです。我々は騙されているんです。ゴルバチョフのペレストロイカや、グラスノスチという改革も欺瞞で固められたものです。言うならば、ソ連共産主義は滅びたかに見えますが、とんでもないウソです。蟹が成長する時に、古い殻を脱ぐように、新しい、より大きな甲羅に変わっただけであって、中身は変わっていません。もっと言うなら、もともとソヴィエト共産主義は欺瞞でしたから、その崩壊もまた欺瞞なのです。そもそも無いものをあるが如く装っていただけですから、崩壊そのものもある訳はないのです」

「なんと、そこまで言えるんですか」

「それと、大切な事を忘れていました。ソ連共産主義の台頭でユダヤ人金融業者がどれだけ儲けたか、それはロマノフ王朝の莫大な金塊を納めた金庫が、革命後ほとんど空になっていた事でも知れます。この事はレーニンも承知の上でアメリカと取り引きしていた事です。反対に、金を貸し付けたユダヤ人も損をする可能性がありました。しかし、それは巧妙に避ける手が打ってあったのです。何の事かというと、ユダヤ人が貸した金をソ連が払えなくなる、つまりデフォルトを宣言したとしても、例のＦＲＳがいくらでも不換紙幣を印刷して貸付を実行した銀行に肩代わりして払うようになっていた、という事です。それはただの紙切れですが、なんと言ってってもアメリカの法定貨幣ですから、払えば払うほどマネーサプライが増え、インフレになって最後はアメリカ国民が自らの財布から支払うことになるんです。**これは無からマネーを生む、ＦＲＳの錬金術**だからできることなのです」

「なんという呆れた欺瞞なんだ！」北川は眼を丸くして唸った。

六

三四郎は一人自宅の書斎の机に座り、頬杖をついて黙然としていた。様々な想いが心の中をよぎった。自分の言っている事が果たして本当なのだろうか。正しい事を言っているのだろうか。旧ソ連が、アメリカのユダヤ人を中心とする国際金融財閥が作り上げた、デッチ上げの幻の国家だったとしたら、その意味するところは何なのか。これは恐らく現代の世界の常識とは相容れない、途方もない結論である。日本人の９９・９％はこんな事があるとは、夢にも思うまい。北川にしても、藤巻にしても驚きはしただろうが、本気になって信じるとは到底思えない。彼らにしても、一人になって思い返してみれば、俺から言われた事は現実離れしていて、普通じゃないと思うに違いない。

だが、三四郎がこの考えを持つに至ったのには、十数冊の書籍が裏付けになっている。そして、そのきっかけになっているのが、小泉内閣の異常とも言える「アメリカ追随政策」である。疑問が疑惑を生み、不可解な現象を解明していくうち、とんでもない陰謀にいき当たった。

三四郎はそれまで、世界は何の策略も存在しない、真っ当で善なるものに導かれていると信じていた。そして、多少の悪が存在しても、善が悪を駆逐して、より良い方向へ修正していってくれるものと、常識では気楽に考えていた。でなければ、この世界が今まで存在できたはずがない、と思っていた。

三四郎はそれから数日後のある日、いつもの喫茶店で藤巻と落ち合った。藤巻は例の調子でいきなり切り出した。

「おい、三四郎。お前のこの前からの話だがな、日本も含めて政府がそんな意図を持って政治をしているとは、到底思えないんだが」

「要するに、お前が言いたいのは、政府は悪意を持って政策を遂行している訳じゃない、言わば性善説に基づいている、と言いたいんだろう？」

「そうだ。政治家は選挙の洗礼を受けているんだし、官僚を始めとする役人は、厳しい国家試験に合格して選ばれた、能力・品性ともに優れた人間のはずじゃないか」三四郎は藤巻の言い方に、フン、と鼻を鳴らし、言った。

「しかしなぁ、選挙で国民がいつも正しい選択をするとは限らん。大学生の学力と来た日にゃ、戦前の小学生の方がよっぽど賢いと思わせられる。今のように、たった数枚のペーパーテストで人間の能力や品性が推し量れるとはとても思えない」と三四郎が言うと、藤巻はムキになって言い返した。

「お前はそんな事を言うが、国立大学に合格するには相当な学力が必要だぜ。その上、四年間も勉強した上で、そのまた上の官吏の国家試験に通っているんだ。優秀でない訳がないじゃないか」

「ま、お前と俺との見解の相違だな。勉強の出来る奴がすべて優秀な人間ではない。また、優れた人間が数枚のペーパーテストで判断できる訳はないんだ」と、三四郎は頭を振りながら言った。

「ところで新平、お前に聞きたいんだが、愚かな人間とは、何を以てそう言うかだ」

「お言葉を返すようだが、そんな質問は無意味だぜ。愚かな人間の定義は利口でない人間の事だ」藤巻はいとも簡単にいってのけ、自分では三四郎を凹ませた積りでニヤニヤ笑いながら答えた。三四郎は、辟易して言った。

「とんでもない。そのお前の方が答えになってないよ。お前の考えは逆さまだ。まず愚かな人間の定義がされないと、賢い人間の定義は出てこない」

「じゃ、俺の方から聞いてやろう。愚かな人間たぁ、どんな人間なんだ？」

「愚かな人間とは、物事の道理を理解しない人の事だ。俺の愛読書の一つに、仏教学の泰斗中村元先生が訳した、仏陀の『ダンマパダ』〈真理のことば〉というのがある。これは、抹香臭い仏教経典とは違って、仏陀の生きた言葉が記されているが、その中で仏陀が述べている言葉だ」

「あぁ、お前さんは読書家で、物事を良く知っている事は認めるよ。では聞くが、物事の道理たぁ、何の事だ？」

「それは因果応報、という事だ。この事は、いずれ機会を見てお前に話すべき時が来るだろう。今日は愚かな人の事をもっと現代風に喩えてみよう。まず、自分の感情をコントロールできない人を愚かな人と言う。カッとなれば自分の両親さえ見境なく殺してしまうような若者が最近のニュースで報道されているが、愚かな事だとは分かっていても、それをやってしまうのは、自分を抑える事ができないからだ。次に、他人の言った事を何の疑問も持たずにすぐ信じる人の事を愚かな人という。端的に言えば、新聞、テレビなどで学者や政治家の言っている事を無批判に真実だと思い込む事。学者や政治家は権威や権力を楯としているから、更に上の権威や権力には弱い。だから、言っている事がいつも正しいとは限らない」

ここで三四郎は一息入れ、コーヒーを啜った。それを見て藤巻もコーヒーカップを取り上げながら、言った。

「そういえば、俺の田舎のばあさんは、俺が大学に入った時も卒業したときも、たいそう喜んでくれたなぁ。そして、俺は子供の時からイジメを受ける事もなく、精神構造の劣化も来たさず、無事大学を卒業したから、もうこれで孫の立身出世は約束された、と言ってね。もちろんお前の言う愚かにもならず、だ」

「そりゃそうだ。昔は大学を卒業したという事は立派に社会の支配階級になれるという事だからなぁ。だが、今は大学を卒業したということくらいでは、能力がある人とは言わなくなった。学校で良い成績だったからといって、実社会で能力があるとはいえない」ここで、藤巻が少しイライラした口調で言った。

「おい、三四郎。そんな事はどうでもいいから、話を先に進めろよ」

「わかった。だが、この話には意味があるんだ。戦後の日本の教育は、日本人の知的レベルを上げないようにカリキュラムが作られ、個人の能力を伸ばさないように計画されたと俺は思っている。つまりだ。アメリカやヨーロッパの指導者は、日本人の潜在能力が極めて高い事を認めており、放っておくと世界を牛耳るような人物を輩出する恐れがあると警戒していたんじゃないかと思う。だから、できるだけ個人の突出した能力を伸ばさないようにし、それでも伸びてくる人材は欧米に留学させて、自分たちのアイデンティティに従った能力しか発揮しないように、欧米にとって都合の良い思想を刷り込む努力をしたんだ。そしてこのことにはもう一つの狙いが隠されている」

「そりゃどういう事だ？」藤巻はいかにも理解しかねる、というように三四郎の顔を覗き込むようにしてたずねた。

「今、世界中の教育現場で、これに似たような事態が起こっている。それはしょっちゅう日本で発生している教育現場の破壊現象と同じような事だ。その結果は20代前半の若者の極めて不可解な精神構造の劣化に繋がっている」

「ということは、日本と同じようなイジメがアメリカやヨーロッパでもおこっているという事か？」

「そうだ。だが、日本のメディアはほとんど報道していないから、日本人一般には知られていない。アメリカなどは銃社会だから、時々子供の発砲騒ぎが起きて、数人から数十人の死者が出ている。しかも、真相は隠されている」

「それも子供のイジメが原因か？」三四郎は答える前に、一瞬、遠くを見るような空ろな表情をしたが、すぐ視線を藤巻に戻して言った。

「その可能性は99％以上だとは思うが、少し不可解な点もある。しかし、**子供のイジメ問題**

や、若者の精神構造の劣化は偶然に起きた事じゃない。ある計画に基づいて実施された教育のカリキュラムが原因だ」

「おい、それが事実なら、大変な事になるぜ。一体誰が、何のためにそんな計画を立てたんだ?」

「今は言えない。だが、ヒントだけは言っておこう。日本はいま急速に格差社会が進行している。政府はさらに庶民への増税と大企業の減税を併せて実施しようとしている。これでは年収の少ない貧困層を加速度的に増やすことになる。これもある目的を以て実施されている事だ。しかも例によってメディアは政府を批判するという本来やるべき姿勢でこれを報道していない。やっていることといえば、政府のタイコ持ち記事を掲載することだけだ。典型的な事例として、こともあろうに政府税調の会長が、民間人であるにも関わらず、政府の官舎にただ同然で入居しているというスキャンダルさえニュースにできなかった。政府の批判記事を掲載し続けているある週刊誌にすっぱ抜かれ、面目丸潰れの状態だ。もっと悪いことに、各新聞社の幹部はそれを面目丸潰れとは思っていないらしいから、全国紙の劣化は来るところまで来ているという感じだ」

「それに関係すると思うが、**ＮＨＫ**だけが例のワーキング・プアの問題を取り上げ、二度目の特番を組んで放映したが、お前はこれをどう思う？」

「ＮＨＫがワーキング・プアの問題を取り上げたのは、一定の見識だと評価する。企業は正社員を減らし、期間雇用に切り替えている。生産台数世界一のトヨタがその先頭をいっているんだ。スーパーなどは人件費節約のためパートの従業員しか雇用していない。しかも銀行でさえ同じ事をしている。このように期間雇用の労働者が増え続けている事を大きな社会問題として取り上げるのは大変意義ある事だと思う。しかし、それでも問題の本質を衝いているとは言い難い。それは、いま日本の建設業界で起こっている真実を伝えていないからだ。建設業で働く人は都市よりも地方が多く、しかも極めて低賃金で、さらに問題を大きくしているのは地方の労働人口の一割を超える労働者数であることだ。これはメディアが建設業に対して偏見を持っているという証拠だ。建設業は日本全体でも労働人口の約一割近くを占めている基幹産業だ。この産業でいま恐ろしい事が起きているのを国民の大部分は知らされていない。それは、スーパーゼネコンが中心になってやっている〈ダンピング〉受注だ。ひどいのは設計金額の50％以下で受注している。誰が考えてもこんな金額で施工できる訳がない。それが出来るのは、下請け叩きと工事の手抜きがあるからだ。手抜きは証拠がないからはっきりあるとは言わないが、下請け叩きは、それはひどいものだ。そして現在では〈ダンピング〉が地方にまで波及している。さらに重要なのは地方では公共事業が中心である事だ。地方の中小建設業者が〈ダンピング〉受注に走っているその主因は、小泉内閣になってからの年々5%の公共事業費の削減が効いてきているんだ。年5%だから影響は小さいだろうと一般には思われるだろうが、それは大きな誤解だ。国の予算段階で5%削減すれば、発注時には10~12%の削減になる。なぜなら、設計に要する費用、発注者の人件費などは当然のことながら固定費だ。その固定費は減らないままそれが事業予算に含まれているからだ。その結果、公共事業費は、発注段階では6年間の累計で実に3分の1に減少しているんだ。県・市町村にまでいくともっと減少率は大きくなっている。これでダンピング受注を繰り返せば、いき着くところは労働者の低賃金化しかない」

「何でお前がそんな事を知っているんだ? 世間じゃまだ建設業者は儲けている、と言っているじゃないか。だから、今でも汚職が後を絶たないのではないのか」藤巻は怪訝そうに聞いた。

「とんでもない。それは大変な誤解だ。俺がこの事を知っているのは、俺の銀行が中小建設業者と取引が多いからだ。俺は担当になった事はないが、うちの営業員が言うには、建設会社に融資する時は、工事の受注が必要なんだ。だから、資金繰りに困っている業者は無理をして工事を取る。そしてやっと融資して貰える。だが、その金も前の仕事で生じた支払いのためだ。要するに自転車操業という訳だ」

「でもなぁ、そうは言うが、俺の聞いた話では、建設業者は随分利益を出していて、ちゃんと税金を払っている、というじゃないか。お前の話とはちょっと矛盾するぜ」

「それは仕方がないんだ。なぜなら、公共事業は税金だろう？　つまり、税金を払っている業者じゃないと指名から外されるんだ。だから、建設業者はいろいろやり繰りして赤字を出さないようにして税金を払っている」

「それじゃ粉飾決算じゃないか」

「いや、そんな大層な問題じゃない。もともと株式を上場するような会社じゃない。殆どが個人企業に毛が生えたようなものなのだ。そんな会社が粉飾なんて全く意味をなさない。事業主が個人資産で穴埋めするか闇金融に手を出すか。当然のこととして行き詰まれば、夜逃げか自殺しかない。実に悲惨なものだ。これでは現場労働者にまともな賃金が払えないのは道理だ」

「だが、今でも賄賂を使って仕事を取る輩が後を絶たない、という事はまだ不正をして仕事を取っても旨みがあるという事じゃないのか？」

「それも誤解だ。公共事業の予定価格というのは、厳密な市場調査をやって単価を決め、工法や数量を厳しく計算して積み上げていく。そうして決めた予算に対して、市町村では〈歩切り〉といってさらに一定金額を差し引いたりする。これでは９５％で落札しても十分な利益など出る訳がない。賄賂を使うような会社は一部の悪徳業者だけだ。政治家や小役人に現金をつかませるのは、下請けや労務賃金を安くして泣かせているから儲けが出せるのであって、決して多くの建設業者がやっている訳じゃない。その上、他の業種が不況の時には、失業者も受け入れている」

「そんなに苦しいなら、仕事を変えりゃ良さそうなものじゃないか。儲からない仕事をいつまでも続けたって、どうしようもあるまい」

「そうできればそれに越した事はないが、今時どんな別な仕事をするといっても、既存の業者がそれぞれ厳しい競争をしているのに、新規参入といってもうまくいく保障はない。また、廃業という選択肢もあるが、既に多額の借金を抱えていてはそれもままならない。つまるところ、やれるところまでやって、行き詰まればそれまで、といった切羽詰ったところに来ている。事業主はそれでも自業自得という側面もあるが、気の毒なのは労働者だ。極めて安い賃金で仕事をさせられ、都会ならホームレスかワーキング・プアだ。それでも生きていけるのは、地方では、だいたい自宅があったり、親類がいたりして何らかの援助が期待できるからだ。しかし、将来の希望というものは全くない。これは格差社会の典型だ。これも原因はただ一つ。政府が急速に公共事業を減らした結果だ。郵政民営化で200兆円もアメリカ国債を買うんだったら、その数%でいいから事業量を増やせば、建設業で働く人達は救われる。何も無駄な公共事業をやれ、と言っている訳じゃない。地方にはもっとやるべき事業が残っているんだ」三四郎は、またも遠くを見ながらため息をついた。藤巻はそれでも納得しかねる、といった感じで三四郎を見ていたが、三四郎の言い分も解るような気がして口を開いた。

「じゃあ、公共事業を減らしたのも、〝財政状況悪化のため〟ということ以外に何か目的があったとでもいう積りか？」

「ああ、あったとも。しかも今お前が言った、国の財政悪化なんて真っ赤なウソだ。国は財政が悪化などしていない。発行した国債はすべて国内で消化している。財政赤字が大きいといっても、国の負債に対して巨額の資産が存在する事を財務省は隠している。ＧＤＰに占める純負債額比率は欧米各国に比較して悪い訳ではない。その上、巨額の対外債権も持っている。国の借金が８００兆円を超えている、というのは資産を隠した結果の財務省の欺瞞だ。つまり、こうして見ると公共事業を減らしたのは、借金を減らす事が目的ではない事がよくわかる。本当の目的は日本の労働総人口に占める一割という建設労働者を低賃金で働かせ、格差社会を進展させるという策略のためではないか、と疑われても不思議ではない」

「何だと、それではまるで政府が低所得者層を増やそうとしている、と言っているのと同じじゃないか」

「そうだとも。政府の真の目的はそれなのだ！」

「バカいえ！　政府がそんな事をするはずがない。総理大臣は大統領じゃないんだ。百歩譲ってそれが目的だとしても、そんな事がやれるはずがない」

「いや、違う。お前は理解していない。それが決定的になったのは２００５年9月11日の衆議院選挙からだ。あれで日本の民主主義の崩壊は決定的になった。あの時以来、日本は性善説で政治が行われなくなった。それ以前は、それなりにブレーキを掛ける勢力が居たんだが、その人達は刺客を差し向けられて落選したか、除名によって抹殺されてしまった」

「だが、そんな事をして何になる？　日本は破壊されるだけだぜ」

「その通り。奴らの目的は日本を壊す事だ。今の日本のような民族国家は存在しない方がいい、と奴らは考えている。そして、**格差社会がいき着くところは、新しい奴隷制度**をもたらす事だ。そして、最終的にはワン・ワールド、つまり**〈世界統一政府〉**を樹立する事なんだ。その底辺を形成するのは低賃金で働く、いまワーキング・プアと呼ばれるような人達の大量の労働力なんだ。つまり支配階級による大多数の労働者からの搾取を合法化しようという企みだ。この動きは体のいい新しい奴隷制度を復活させようとする目論見とも言える。だから、現在進行している労働者のワーキング・プア化、つまり低賃金化は将来の新しい奴隷制度実現への布石とも言える。ここに一冊の本がある。俺の妹が本屋の店員をしているから、彼女に頼んで出版社から直接取り寄せたものだ。こういう本は普通の本屋の店頭に並べられる事はない。と言っても、いかがわしい本じゃないぞ。確かな大学の教授が沢山の資料を収集した上で執筆した報告書だ。いかがわしいと言われる本でも、書店では売れると見たら、店頭に並べるが、体制批判や体制に都合の悪い本は、自主的に排除するという暗黙の了解が本の販売店で出来上がっているんだ。その本の中にこういう一節がある」と言って、三四郎は声を出してその一節を読み始めた。

「**〜安価な使い捨て商品となった人間〜**ヨーロッパと北アメリカで起きた〈産業革命〉は、人口の急増と大規模な社会変革をもたらした。誰かが指摘しているように、《苦役から解放された人もいたが、一方で多くの人命が安価な使い捨て商品として扱われるようになった》のだ。つまりだ、建設業は、内需拡大政策を実施する時は必要な産業だった。だが、もはやそれは必要なくなった。要するに使い捨てにされようとしているんだ」

「では、使い捨てにされた人はどうやって生きていけば良いんだ？　そして、日本の政治家や官僚はこんな事に気が付いていないのか？」藤巻は不安に駆られて聞いた。

「洗練された奴隷制度だよ。奴隷になるしか生きる道はない。奴隷と言ったって、昔のように苦役に肉体を酷使される訳ではない。救いは奴隷であることさえ認識しない奴隷なんだ。腕にマイクロ・チップを埋め込まれているから、働く事が苦痛ではなくなる。なぜなら、そのチップは感情コントロールを行うからだ。つまり**新しい奴隷制度**になるんだ。政治家にしても官僚にしても、この事に気付いている人は余りいない。アメリカはいつでも正しい、日本はアメリカに追随して生きていく他ない、と思っている人間がほとんどだ」

「そんなバカな！　そんな事が許されるはずがない！　これでは日本はめちゃくちゃになるじゃないか」

「だから、お前には少し失礼な言い方かも知れんが、もしかしたらお前を含めて多くの人が愚民になっている、と言いたい。この計画の詳細は既に出来上がっている。その証拠も沢山挙がっている。だが、例によってメディアは知っていても隠している。もっとも、ここで言っているメディアとはアメリカのメディアの事だがね」と三四郎は言って、藤巻に件の本の表紙を見せた。その表紙にはこうあった。

〜奴隷制は　どこか　よその国の過去の　問題ではなく　現在も進行中の　地球規模の　現実だ〜「グローバル経済と現代奴隷制」（ケビン・ベイルズ著　凱風社・刊）

七

「三四郎、俺はなぁ、この間からお前の話を聞いていて、つくづく嫌になった。何がって、日本がこれほどひどい事になっていようとは、夢にも思ってなかったし、ここに至るまでに国や有識者は一体何をやっていたんだ、と思ったんだ。だが、よくわからないのは、つい最近まで一言もこんな事を言わなかったお前が、何でこんな情報を、どこから、いつ、仕入れ、そして途方もない事を探り当てたのか、という事だ」

「俺でさえ不思議に思っている。まるで、誰かに背中を押され、後ろから、もっと調べろ、もっと調べろ、と言われているようだった。直接のきっかけは前に言った事があるかも知れんが、俺の銀行に**2兆円**の公的資金が投入された時だった。不審に思って情報を集め出したら、次から次へと疑問が膨らんで、とうとう今日まで来た、というのが実感だ。調べ始めて最初に気が付いたのは、小泉と例のTとがグルになって日本をアメリカに売ろうと企んでいるらしい、という事だった」

「しかし、今じゃ、奴らが日本をアメリカに売っただけでは済まなくなっているぞ。俺は、お前が『日本の建設業で働いている労働者が、まるで奴隷のようになっている』というのを聞いて、実際ショックを受けた。それで気になったから東京の本社に電話を掛けて、うちの本社ビルの建て替え工事の現場の様子を調べさせてみたんだ。もちろん調査しているなんていう事がバレないよう細心の注意を払ってやらせた。うちのビルはある準大手ゼネコンがスーパーゼネコンと競争して、設計金額の５６％で受注していた。だから調べるには打ってつけだった。ところがその結果を聞いて、俺は腰を抜かすほど驚いた。東京の現場だから、近郊のニートかアルバイト、ひょっとすると外国人が現場に入っているのかと俺は思っていたんだが、そんな人間は一人もいない。どの作業員もちゃんとした日本人の大人で、それもいろんな資格を持った優秀な技能者だった。大工、左官、型枠、鉄筋などの一級技能士や、労働安全衛生法によって定められた各種作業主任者の技能講習の資格もちゃんと持っていた。それでどこから来たのか聞くと、東北や中国地方、四国、九州、遠くは北海道からも来ているというんだ。驚いたのは、彼らが受け取っている賃金の額だ。何と、日給が６０００円から７０００円、高くてもせいぜい８０００円どまりだという。月額にすると15～18万円程度で、年収では２００万円になるかならないか位なんだ。これでは、まさにＮＨＫが放映していたワーキング・プアだ。もちろん、食事代や家賃は自前だ。だからちゃんとしたホテルはおろか、カプセルホテルにさえ泊まれないから、橋やガード下なんかで何人かがかたまって寝ているというじゃないか。これじゃまるでホームレスだ。何で地方から出てきてこんな生活までして仕事をするのか。彼らに質問してみると、さらに驚くべき答えが返ってきたんだ。地方では彼らのような現場技能者の仕事が全くと言っていいほどない、と言うんだ。それでは家族を養っていけないどころか、自分の生活さえままならない。それで仕方なく東京へ出てきて仕事にありつこうとするんだが、雇う方もダンピングをして受注している関係で、できるだけ人件費は抑えたい。求職者はいくらでもいるんだから、足元を見られて安い賃金で働かされている。これじゃお前の言う通りまるで奴隷じゃないか、と俺は思った。俺は心底愕然としたな。昔の奴隷の方がよっぽどましな生活をしていたくらいだ。昔の奴隷は食べる、着る、寝るには困らなかった。主人持ちだったからだ。もちろん今の奴隷は当然ながら各種保険や年金などはある訳はない。これはまさに生き地獄だ」

藤巻は本当に落ち込んでいた。彼の言葉は悲痛な響きを帯びて、まるで地の底からしぼり出すようだった。

三四郎と藤巻は、この前のように道頓堀川に面した屋台のおでん屋で飲んでいた。二人が並んで座っている木製の古びたベンチの下を、冷たい師走の風が吹き抜けていく。そのたびに屋台の周りを取り巻いている薄い暖簾が寂しげに波打った。それでも、屋台の内側では、食欲をそそるおでんの匂いと、暖かい湯気が立ち昇っていて、軒先で気楽そうに揺れる赤提灯が二人の冷えた心を癒すかのようだった。

三四郎も沈んだ声で、

「そうか、やっぱりなぁ。しかし東京までそんなにひどいとは思わなかった。ところで新平。本当は日本はまだ良い方なんだ」

「そりゃそうだろう。お前がこの前紹介してくれた、ケビン・ベイルズという人が書いた『グローバル経済と現代奴隷制』を読んだが、東南アジア、南米などはひどいもんだ、と実感させられた。あの本はみんなが読んでみるべき啓蒙の書だな」

「そうなんだ。だが、あの本の本当に意味のある部分は、終わりの第7章の《今なにをなすべきか》に集約されている。それは奴隷制とは、人間の経済活動と不可分であり、現代の改革政策に合わせて、その歪みとして表面化しているという事実だ。だから、改革改革といってまるでバカの一つ覚えのように叫び、改革しなけりゃ世の中が良くならないかのような風潮が日本を覆っているが、その改革の掛け声の陰で、地獄のような奴隷制度が息を吹き返している現実がある事を認識しなくてはならない。これは辞めた小泉ごときが、簡単に《改革の痛みだ》と言って済ませられる問題ではない」

「うん、そういう意味ではメディアの責任は重いというべきだな」

「おや、珍しい。お前もメディアの悪口を言ったな」

「なに、今まで俺はお前のメディア批判を一度たりとも否定した事はない。単に辟易していただけだ」

「そのメディアのことなんだが、俺はたまたまこの間の昼の休み時間に、ネットサーフィンをしていたら、ニューヨークの現状を報告しているサイトに行き当たったんだ。アメリカには、低所得者向け食料供給制度があるんだが、これは**フードスタンプ**といって、カード形式になっている。これは表向き福祉援助プログラムではない。低所得者が個人や家族用に栄養価の高い食品を購入したり消費できるよう支援する栄養補助プログラムだと政府は言っているが、アメリカ国民はこれを受けると、最低の所得しかない、と見なされるのを恥だと思っていて、余程のことがない限り普通の人はこれを受けない。この辺の様子は、バーバラ・エーレンライクという人が取材・報告書にまとめた《ニッケル・アンド・ダイムド》（東洋経済新報社刊）という本に詳しく書かれている」

藤巻はポンと膝を打って言った。

「うん、お前の読書量には到底敵わないが、その本だけは俺も最近読んだ。著者は中流の上クラスの生活を送っている生物学者で、博士号まで持っているインテリ女性だ。働いても働いても暮らしが楽にならない〝ワーキング・プア〟という言葉はこの本に出ているが、もしかしたらNHKはこの本からパクッたのかも知れんな。いや、パクッたと言ったら言い過ぎかも知れない。この間から取材・放映しているのは日本の事だからなぁ」

「そう、俺もそう思っている。で、ニューヨークの現状というのはこのフードスタンプを受けている人の数が全人口の15%もいる、と言うんだ。2006年末までには、その数はさらに11%増加すると予想されている。ニューヨークの人口は約810万人だから、4人に一人以上、実に200万人以上の人が受給者になる、と言うんだからこれは悲惨だ。一方で同じニューヨークのウォール街は証券業界の好景気で沸いている。大手のゴールドマン・サックスの2006年の売り上げ総額は370億6700万ドル、日本円に換算すると4兆3800億円にも上る。純利益は約1兆1000億円だ。このおかげで受け取るボーナスがまた桁外れに凄い。最高はやはりゴールドマン・サックスのCEOロイド・C・ブランクファインで、その額約59億円だ。ウォール街全体の証券業界では、一人当たり平均で約1500万円に達している。アメリカは格差社会の典型と言われて久しいが、1976年には所得差が36倍だった。それが2004年では431倍にも広がっている。約30年間で格差が12倍に広がるというのは、自然ではあり得ない。政策的に誘導しているとしか考えられない。資産ベースで見ると、アメリカでは上位10％の富裕層が国内資産の70％を保有している。日本では39％というから、米国の富の集中は凄まじい」

「へぇー！」と藤巻は呆気に取られて三四郎の顔を見詰めていた。

ふと、三四郎が顔を上げると、屋台の親爺が二人の会話に聞き入っていた。そして普段は滅多に口をきかない無愛想な親爺が、客への給仕も忘れて珍しく口をきいた。もっとも客は二人しかいないのだから、客をそっちのけにしても商売には全く支障はない。

「お客さん！　その話は本当ですか？」

「え、どっちの話かい？　東京？　あぁ、本当だとも。ところで、親爺さんが口をきくのは珍しいね。親爺さんの言葉は上方じゃないようだが、やはり東京かね」

「そうです。ここじゃ、下手に口をきくと出がバレちまうんで、口ベタを口実にして口をきかない事にしてます」

「そうかい。口のきき方からすると、どうも東京でも下町のようだが」

「はい。佃の方です。私もよくある話で、若気の至り、親父と意見が合わず、家、飛び出しちゃって。もうこの歳では帰る実家はありません。ですが、頑固が災いしていていまだに東京の言葉が抜けないんで。おまけに親には大学まで出してもらいながら、気性が災いしてか出世もできず、今じゃこの通りのザマです」

「二人のやり取りを聞いていると、何か、漱石の草枕の髪結い床のおやじとのやり取りみたいだな」三四郎がニヤリとした。藤巻はその言葉を無視して言った。

「親爺さん、東京のことを気にしているようだが、身内でもいるのかい」

「はい、弟が二人います。それがお客さんが言うように大工と左官なんです。近頃は携帯電話が普及して、大概の人では音信不通というのはないようですが私らのような仕事の者は、携帯などというのはおっくうで、とても持つ気にゃなれません。それで弟らと連絡することは、ここ何年かないんです。ですから、お二人のさっきからのお話を聞いていて、つい弟の事が気になったんです。何ですか、建設業はそんなに不景気なんでしょうか」

「うん、悪いね。しかし、弟さんはどこかの建設会社にお勤めかね？」

「いいえ、以前はどこか大手の建設会社の下請けをやっていたようですが、どうも利益が出ないという事で、いまはリフォーム専門でやっているみたいです」

「そりゃまだそっちの方が断然いい。下請けなんてのは人間のやる仕事じゃない。《半値八掛け二割引》とかいう言葉があってね、これは多分下請け企業のやけくそ言葉だと思うんだが、元請の言うなりになって仕事してたら、人間らしい生活はできないよ」ここで三四郎が口をはさんだ。

「親爺さん、新聞はよく読むかね」

「あまり読みませんね。一応購読はしてますが、読むのはスポーツ欄と三面記事くらいのものです。私らは夜の仕事ですからテレビの番組なんて関係ないからそれも見ません」

「そいつぁ健全でいいや。世の中には新聞の書くウソで随分惑わされ、間違った考えを持っている人が多い。その最大のものが小泉政権支持だね」

「でもね、小泉さんは実行力があったじゃないですか。それに良い悪いは別にして庶民には分かり易かったですよ」三四郎は苦笑いして言った。

「分かり易いという事と、よい政治とはぜんぜん関係ないんだけどな。普通の人はそれも政権の良し悪しを測る大事な要素になる、という事なんだね」

「私たちは、お上のやることにくちばしを挟むことは、おそれ多いという先入観があるんです。お上は優秀な人たちがなっているんでしょうから、我々はついていくしか能がないですよ」ここで、藤巻が突然大声をあげた。

「だから、奴らはつけあがるんだ。庶民をバカにしてやがる。あいつら、地獄に堕ちろだ！」

途端に、どやどや、と数人の客が入り込んできた。親爺は「らっしゃい！」と、声を張り上げた。二人は顔を見合わせ、「おい、三四郎。出ようぜ。親爺さん、お勘定！」二人は支払いを済ますと、暖簾を押し分けて、冷たい風が吹く師走の街へ出た。

二人は飲み足りなくなって、三四郎の自宅で続きをやることにした。三四郎の家には、酒を嗜むための、様々な小洒落た小道具が揃っていた。藤巻はバランタイン30年もののウィスキーの入ったグラスを手に持って口を開いた。

「三四郎、俺は日本がこんなにおかしな国になってしまった第一の原因はメディアがその片棒を担いでいるんじゃないかと思う。だが、メディアは単に意思の媒体でしかない。一体メディアは誰の意思を代弁しているんだろうか」

三四郎は藤巻の問いを受けて言った。

「新平、お前もやっと物事の本質に気付き始めたようだな。そう、メディアは単に誰かの意思の代弁者にすぎない。その誰かとは何者なのか。普通は政府の権力者だと思うだろう。だが、必ずしもそうじゃない。それが何者かはここでは言えない。しかし、ある外国の勢力とだけ言っておこう」

「お前がいつか言っていた日米欧三極委員会やビルダーバーグクラブか？」

「そうともそうでないとも言える。だが、いまはそれが誰かという事よりも、その前にメディアを始め世界を動かしている手先の直接の力について考えてみる必要がある」

「それは、政治家や官僚、一部の学者ではないのか？」

「それも答えだ。しかしその答えは余りに見え透いている。その他のもの、その第一はマネーだ。もっともマネーが自分で動く訳ではない。マネーを動かしているのはFRSを中心にして各国に存在する中央銀行だ。もともとマネーには二種類ある、とお前にこの前から説明してきただろう？」

「うん、金（ゴールド）に裏付けられたマネーと、不換紙幣といわれるマネー、いわばこれは只の紙切れだが、国が定めた法定貨だから通用しているんだったな？」

「そうだ。現在世界の通貨はすべて不換紙幣だ。ということはそのおおもとはFRSという事になる。それと各国の中央銀行ということだ。すべての中央銀行は大なり小なりFRSを手本にしている。そして、いまG7とかG8とかいうように世界各国のネットワークを作って金融操作を行っている。これがとんでもないまやかしである事は、この前、お前に《プラザ合意》の欺瞞について説明したとおりだ。その不換紙幣は国民から富を吸い上げることを第一の目的にしている。そして次は戦費の調達だ。戦争には金（マネー）が必要だ。先立つものがなけりゃ絶対に戦争は出来ない。それをいちいち国民に断って調達するようでは間に合わないし、場合によっては否決されたりしたら大ごとだ。我々国民からすれば、簡単に戦争などやられたら困るんだが、為政者にしてみれば、戦争というのは力比べの勝負だから負けるわけにはいかない。負けたら即政権を追われるし、場合によっては殺されもする。だから、権力者は国民に断らずに戦争をやりたい。そのために不換紙幣という便法を編み出したわけだが、これが金貸しの策略だった。**こうして金融のカルテルとしてＦＲＳを始めとする中央銀行制度が生まれた。**ここで思い起こして欲しいのが、不換紙幣はインフレをおこし、そのインフレによって国家権力は国民からそれと分からずに税を徴収することが可能になった、ということだ。一般にはＦＲＳは経済安定のために創設された、という事になっている。その証拠に経済学の教科書には次のように書いてある。『ＦＲＳは１９０７年の恐慌と恐るべき銀行大量倒産から生まれた。国民は不安定な民間銀行のアナーキズムにうんざりしていた』と。だが、ＦＲＳが創設されても１９２１年、１９２９年の株価大暴落、そして１９２９年から１９３９年の大恐慌など度重なる経済の一層の大混乱を引き起こし、１０００％ものハイパーインフレでドルの購買力の90％が破壊されているんだ。これを見れば分かるように、ＦＲＳは経済の安定のために創設されたというのは真っ赤なウソだということだ。それともう一つ重要なことがある。**金または銀の裏付けなしにマネーを発行することは、アメリカ合衆国憲法に違反している**ことだ。この認識を忘れてはならない」

「じゃ、ＦＲＳとそれに従属する各国の中央銀行などというものは当然必要ない、だけじゃない、いの一番に廃止すべき制度だという事になる」

「うん。それから、これは余り言われてないが、こうしたＦＲＳや各国の中央銀行は当然反トラスト法、日本でいえば独禁法に抵触する。つまり、日銀は民間銀行である限り独禁法違反なのだ」

「へぇ、それは初耳だ。なんで今まで、というか今も誰も何も言わないんだ？」

「それは、日銀が民間銀行だとは認識されていないからだ。無論日銀は知っているし政府も分かっている。ま、日銀法の建前からいえば合法なんだが、独禁法からすれば違法という事になる。こんな矛盾を放っておく事自体がおかしい。言ってみれば、政治家も官僚もメディアも能無しという事だ」

「だとすると、日銀社員は〝みなし公務員〟とされているが、それはどうなんだ？」

「もちろん、政府の金融政策に関与しているんだから、みなし公務員だ。それとこれとは別問題だ」

「それに、日銀幹部の天下りという問題もあるぜ。最近ある週刊誌には実にあからさまな天下りがすっぱ抜かれている。ひどいもんだ。日銀総裁の村上ファンド事件は一体どうなったんだ？」

「これは現政権の圧力があったとしか思えないね。中央紙は権力者の下僕に成り下がっている証拠だ」

「だが、日銀が政府の機関だという認識は根強いと思うがね。第一、お札を発行しているという事実が大きい。我々のように比較的事情を知っているものは少ない。爺ちゃん婆ちゃんや大学生だって一人の大人だ。選挙権もある。この人達の意見も我々の意見も、集約すれば平等だ。世論というのは、しょせん真実を多くの人達の意見で薄めていると言うしかない」三四郎はこの藤巻の意見に感心して言った。

「おい、それは名言じゃないか。お前にしては似合わないような意見だな」

「そんな事よりも、マネーの話はキリがないから、次の問題に入れよ」

「わかった。第二の力はまだ誰にも言った事がないものだ。それは**麻薬**なんだ」

「何だって！　それはまたダーティなものじゃないか。ギャングやマフィアならいざ知らず、国と国同士がそんなものを巡って闇の取引をやるなんていうのは、**18～19**世紀の話じゃないのか」

「どっこい、まだ現に残っているのさ。もちろん、お前の言うようにその根源は17世紀末から始まっている。いや、正確にいうとイギリスの東インド会社が諸悪の根源だ」

「東インド会社とは既に前世紀の遺物になっていたんじゃないのか」と藤巻は怪訝そうに言った。

「そう、古い話さ。何しろ中国では17世紀末に東インド会社によってアヘンが持ち込まれて以来、国民にアヘン吸引がはびこり手を焼いている。イギリスはこのアヘンの売り込みで莫大な富を手にしているんだ。19世紀にはこのアヘンの害毒に困り果てた中国がイギリスと3度の戦争をしたが、結局負けて以後の中国植民地化に拍車を掛ける結果になっている」

「いわゆるアヘン戦争だな」

「そうだ。だが、イギリスは中国へのアヘン売り込みに、キリスト教布教を隠れ蓑にしている。中国内陸伝道団という組織だ。この東インド会社は後に恐るべき組織として残った。それは東インド会社がアヘン貿易で手にした莫大な富を基にして、名前を変えて世界を支配しようとする、ある組織だ」

「へぇ、そんな組織があるとは知らなかった。それはどんな組織なんだ?」

「東インド会社は英王室とオランダ王室が絡んでいる。この二つの王室は元をただせばある民族にたどり着く。それは正統的ユダヤ人だ」

「何だって？　では例のイスラエルの民という事か？」

「そうだ。だがこれは公式には極秘にされている。正統的ユダヤ人というのは『スファラディ』と呼ばれるんだが、彼らはイスラエルの地を追われて地中海沿岸に移住していった。今のスペイン・ポルトガルなどだ。だが、ユダヤ人迫害を逃れるため表面上はキリスト教徒に改宗したが、隠れてユダヤ教を信じていた。これを『マラーノ』と呼ぶ。このマラーノと呼ばれた人達の主な仕事は金貸しだった。もともとキリスト教では金融業は禁じられていたから、ユダヤ人しか金融業はできなかったわけだ。つまり彼らが金融業をやっていたということはユダヤ人であった証拠でもある。そしてその末裔が財をなして『黒い貴族』としてヨーロッパの実権を握ったんだ。ロックフェラーの先祖もマラーノだと言われている。ロスチャイルド家がアシュケナージと言われているのと出自は似ているんだ。現在のイギリス王室のウィンザー家は祖先をさかのぼればヴェニスの『黒い貴族』の最古の王朝の一つであるゲルフ家にまでいき着く。また、アメリカに渡った黒い貴族にはデラノ家、ルーズベルト家、リビングストン家などがある。第33代大統領フランクリン・D・ルーズベルトのDはデラノの略だ」

「しかし、イギリスにはイギリス国教会があるじゃないか」

「このイギリス国教会というのがまたとんでもない欺瞞の巣窟なんだ。まぁこの辺の話は詳しく喋りだすと、一晩あってもまだ足りない位だ。ここでちょっと俺の自慢話をすると、俺は子供のころちょっとした天才少年と言われていたんだ。それも担任の教師からだったから、親は自慢だったらしいが俺はそんな事より遊ぶ事の方に夢中だった。ま、少しＩＱが高かったらしいんだが、おれはその数字を記憶していない。俺は少し知識をひけらかすため小学校を卒業するとき、卒業論文に『進化論』を選んだ。かなりの枚数を書いたのを覚えているが、そのネタは学校の図書館だった。子供のくせにやけに背伸びしたテーマを選んだものだと今では思うが、その時は得意だった。そして、その中で、マルサスの『人口論』や、ド・フリースの『突然変異説』を取り上げた事を覚えている。ところが、そのマルサスがとんでもない人物だと最近分かったんだ。マルサスとは、トーマス・ロバート・マルサスの事で、経済学者だ。彼はイギリスの聖職者の息子でイギリス東インド会社によって歴史の表舞台に押し上げられている。彼の言っている事はこうだ。『人間の進歩は一定数の人々を支える地上の天然資源によって拘束され、その限界を超えると、限りある資源は急速に消耗されていく』と。だから、天然資源の限度内で養える人数は一定であり、それを超える者は淘汰されるべきだというのが彼の持論だった。だから俺は小学生の時の卒業論文でダーウィンの進化論も、動物たちの個体数はこの理論に従っているとし、淘汰と適応を繰り返しながら今日まで来ている、と書いたんだ。無論小学生の書いたものとしては、出来過ぎていると思うし、いまじゃ大学生だってこんな事は知らない。まあ、後日問題になった『獲得形質の遺伝』なんていう事も知ってはいたが、さすがこれは子供の俺には歯が立たなかった。これが肯定されているのを後日アーサー・ケストラーの『サンバガエルの謎』という書物で知って驚いた。この生物学者は、パウル・カンメラーといって従来の定説をひっくり返した天才だが、多くの学者が追試しても結果を再現できなかったため、でっち上げだと非難され結局自殺した悲劇の学者だ。科学というのは時折こういういき違いを生むことがあると俺は妙に感心したもんだ。あのまま俺が勉強して学力を伸ばしていれば、今頃は世界の大科学者になっていたかもしれないが、とうとう二十歳過ぎればただの人になってしまった」

「そんな心にもない謙遜をしなくても、お前さんの博識は十分認識しているよ。だが、お前さんの子供の頃の自慢はそれ位にして、そのイギリス東インド会社が莫大な富を築いてそれからどうしたのかを教えてくれ」

「つまり、そうして築いた富で東インド会社はある秘密組織を作った。何のための組織かというと、世界を一つの政府にして自分たちが支配しようという組織だ。それでこの１００年ほどの間に様々な陰謀を計画して実いしているんだ。マルサスの人口論による人口削減あるいは淘汰の理論が、その秘密組織の重要な理論的支柱になっているんだ。いわば経済計画だ。それともう一人の経済学者がいる。有名なマネタリストの、フリードリヒ・アウグスト・フォン・ハイエクだ。この長ったらしい名前の経済学者こそ、麻薬取引を奨励し奴隷制度を現代に甦らせようと企む、暗黒の学者だ。このハイエクという経済学者は最近死去したネオリベラリスト（新自由主義経済学者）のミルトン・フリードマンの師匠格にあたる学者で、フリードマンはシカゴ大学でこの理論に基づく学派（シカゴ学派）を組織し、日本の小泉の経済政策をリードしたTの指導者だ。こう見てくるとTに至る市場原理主義の経済政策が暗黒の学者の系譜、という事は例の秘密組織の陰謀から来ていることがよくわかる。ついでにいうと、フリードマンの経済政策の指導を受けたチリとアルゼンチンの経済が、惨憺たる結果に終わっていることは周知の事実であり、それは秘密組織の策略であったということになる」

「うん、だからどうだというんだ？」

「だからさ、アヘンつまりモルヒネ・ヘロインやコカインを使用するような、レベルの低い大衆は、地球上の資源を食い尽くすだけのムダ飯食いだから、淘汰されてしかるべきだし、麻薬貿易によって富を得られれば一石二鳥だからこそ、そのやり方は今日に至ってもなお、継続されており、より高度に洗練された陰謀として定着しているということだ」

「それなら麻薬汚染は人口削減のための策謀という訳か」

「そういう事だ。だが、その根底には人間を虫けら同然に扱う悪魔の思想が宿っているとは思わないか？」

「それはそうだ」

「そのうえ、それと知らずに一般庶民が文字通り踊らされていた事があるんだ。それは他でもない**『ビートルズ』がドラッグ＝麻薬汚染の手引きの道具**だったという事実だ」

「なんだと？　それは本当か？」

「本当だとも！　それが証拠に彼らは世界の色々なところでコンサートをやっているが、その先々でドラッグ汚染が広まっている。ドラッグとは本来薬のことだが、ここでいうドラッグは**ＬＳＤ**を含む違法ドラッグの事だ。もちろん麻薬も入っている」

「おい、それはとんでもない言い掛かりだぜ。だって、ビートルズはイギリスの国民的英雄だし、世界中で愛されている。そのうえ音楽的にも優れていたじゃないか。麻薬の売人だとかマフィアの手先なんかじゃない、芸術家だ」

「それが一般の認識だが、事実は全く違う。ビートルズの音楽を作っていたのは例の秘密組織が作った『タヴィストック人間関係研究所』というところだ。これは従来の『純正音律』を破壊し、無調音楽形式に基づいて作り上げられたものだ。その中心になった人物はテオドール・アドルノという。正確には十二音技法的無調音楽形式というんだが、これは現代音楽の基礎を作った、アーノルド・シェーンベルグが推進した音楽形式だ。端的に言うと不協和音を中心に音楽を組み立てていく。そしてこの音楽はアドルノによって、ディオニュソス・カルト集団やバール神祭祀音楽をもとにして再構築されたものだが、これはいずれも古代エジプトやカルタゴに源を発する悪魔信仰にかかわるものだ。ビートルズの初期の曲と歌詞を作ったのは、このアドルノだった。ビートルズはリバプールの不良グループに過ぎない。彼らはただ訓練されたロボットのようにアドルノの指示に従って（つまり友達のちょっとした助けを借りて）ドラッグを使い、それが『クール』だという暗示に反応しただけだ。俺はこのようなものを音楽と見なすことは、『音楽』に対する侮辱であり、『ロック』の歌詞にしても『詩』に対する侮辱であると思う。彼らの音は単なる雑音にしか過ぎないものであり、それ以上であるとするならそれはマインド・コントロールの手法においてだけだ。詞に至っては、カルト的表現に満ちた、実に汚らしいものでしかない、と断言する。ついでに、もう一つ言っておこう。彼らが、というよりもアドルノがなぜ『ビートルズ』と名付けたのか。ビートルズとは、一般の何も知らない無邪気な人は、今のカブト虫だと思っているが、そうじゃない。現代ロックと古代エジプトのカルト宗教とのつながりを示すために名付けられた名前だ。古代エジプトのイシス教団は、その宗教的シンボルとしてスカラベ（フンころがし）と呼ばれる甲虫（Beatle）を神聖視していたんだ。この甲虫は現代のカブト虫とは違う金色をした虫だ。どちらかと言うと、今のコガネムシに近い。もちろん角はない。俺が若いとき読んだ、アメリカの推理小説作家、ヴァン・ダインの書いた『カブト虫殺人事件』（創元推理文庫１０３）というのに、スカラベウス・サセル（聖なるカブト虫）という事で殺人事件のネタにされている。この推理小説は実に不気味で面白いから是非お前も読んでみるといい」

藤巻はビートルズのファンだった。この三四郎の言い分には到底納得できかねた。しかし、言われて見るとビートルズの音楽は陶酔性が強いようにも思う。もしかしたら、三四郎の言う通りかもしれない。だが、ビートルズが好きな連中にしてみれば、彼らがドラッグの手引きをしていようが、そんな事はどうでもいいような気がするだろう。しかし、と藤巻は疑問に思った。そして三四郎に聞いた。

「お前の説は聞いた。しかし俺には納得できない。ビートルズが世に出たのは大衆に受けたからだ。お前の説は単なる言いがかりだ。第一彼らが世に出たきっかけは何だったかという疑問が残る。俺は彼らの音楽が優れていたからこそ世に出る事が出来たと思う」

「お前がそう思いたいのは分かるが、事実はそうじゃない。彼らを世に出した人物がいるんだ。それはエド・サリバンという奴だ。この人物はアメリカのＡＢＣだったかＮＢＣだったか、《エド・サリバンショウ》で有名になっている。アメリカの三大ネットワークはいずれも闇の権力者の息がかかっている。エド・サリバンはビートルズを世に出した功績で闇の権力から褒美としてテレビに出してもらっていたに相違ない。それから、このリバプールの不良グループは『ビートルズ』の成功でエリザベス女王からサーの称号を与えられている。もちろん音楽での功績じゃない。ドラッグを世界に広めイギリス王室に莫大な富をもたらした功績でだ。こうしてみると、イギリス王室がいかにいかがわしいものかがよくわかるだろう」三四郎は言い終わってじっと藤巻の反応を見ていた。そして言葉を続けた。

「このタヴィストック研究所のスタッフは世界最高の人間精神のオーソリティだ。そしてその研究対象は人間の精神だった。人間の心を動かすのはお手のものだ。メディアによる大衆へのプロパガンダや世論の誘導、思い込み、恐怖心の除去、あるいは植え付け、その他あらゆる心理誘導を研究し、実験している。催眠や洗脳の手法は微に入り細に亘っている。そんな所が世の中に受け入れられる音楽を作り出す事などはいともたやすいことだ。俺の知っていたニューサイエンスの旗手、グレゴリー・ベイトソンもそのメンバーの一人だった。これを知って俺はショックを受けた。彼の父親、ウィリアム・ベイトソンは生物学者で、遺伝学の権威であり、メンデルを再評価した人でも有名なんだ。だから、三男である彼に、メンデルのファーストネーム、グレゴリーを付けたくらいだ。俺は彼の有名な著作『精神と自然』を愛読していたんだ」

「へー、そうなんだ。だが、お前の博学には恐れ入るよ。いつ、どこで、そんな本を読んでいるんだ？　よくそんな暇があるもんだと感心するよ」

「そんなに自慢するほどのことじゃない。毎日トイレで用を足す時、その時間の合計が一年でどれだけになるか。お前は計算した事があるか？」

「そんなもん計算する訳があるか。トイレは用を足す、それだけのものだ」

「ま、そんな事はどうでもいいとして、このタヴィストック人間関係研究所は究極のところ人間の精神を変え、マインド・コントロールする事を研究していたんだ。そのテクニックは次の通りだ。『**人間をマインド・コントロールするための、サブリミナルな命令《メッセージ》の注入は、音として人体には純粋な雑音にしか聞こえない《ホワイト・ノイズ》や音楽という伝達媒体が使用される。この媒体によって人間の潜在意識は、《メッセージ》すなわち命令事項を受容させられる。……（中略）……この種の音響を利用したマインド・コントロールから逃れる**

のは、不可能に近い。人格をコントロールするメッセージは遮断されない限り、顕在意識レベルを回避して、瞬時に人間の潜在意識を直撃し、結果はすぐさま現れるのだ』これは闇の権力者の追求を続けているジョン・コールマンという学者が探り当てたマインド・コントロールに関する手法の一つだ。他にも幾つかの方法があるようだが、それにしてもこれは背筋の寒くなるような不吉なものだ。俺は小泉のマインド・コントロールの可能性を指摘したが、このタヴィストック人間関係研究所の話を総合的に判断すると、大いにあり得ることだと納得した。つまり、俺が言いたかったのは、麻薬貿易を通じて得た莫大な資金は、ビートルズを世に出すほかこういうところに使われ、現在でも活用されている、という事実なんだ」

「うーん。これは……」と藤巻は唸ったきり、あとの言葉が続かなかった。

三四郎はさらに言葉を継いだ。

「さらにいうと、アメリカや日本のメディアはこのような、目に見えない精神のコントロールを、何か方法不明の手段で常に受けているという事になる。いや、メディアだけじゃない。世論を形成する一般庶民も何らかのコントロールを受けている可能性だって否定できない。ただし、この手法が、確定した力を発揮している訳ではない事は、世界の世論を掌握できていない現状を見れば明らかだ。要するに力としてはまだまだ不完全なんだ」

藤巻はここでふと思い出したように言った。

「そういえば、お前はこの前、子供のイジメ問題や若者の精神構造の劣化は偶然に起きたことじゃない、と言っていたな。だったら、子供をそういう風に仕向けている教育の実態というものがあるはずだ。それと、いまお前が言った、メディアが目に見えないコントロールを誰かから何かの方法で受けている、という事とこの事とが何か関係があるんじゃないのか？」

「あっ、そうだ！　まさにそれだ！　そうに違いない！」三四郎は飛び上がらんばかりに大声を上げた。そして、その考えをまとめるようにして、しばし口を噤んでいたが、やがて藤巻の顔をじっと見詰めて言った。

「おい、新平、お前は俺に大変なヒントを与えてくれた。原因がわかったぞ」

「何だって？　俺はお前のこの前の話と、今日の話とが関係があるんじゃないかと言っただけだぜ」

「それなんだよ。答えは。つまり、こういう事だ。人は成長するときに何が必要なのか、という事だ」

「そんなもの誰でも知っているじゃないか。肉となるたんぱく質や骨となるカルシウム、その他肉体を形作る諸々の栄養素が必要だ」

「そこなんだよ。人間は肉体だけで出来上がっている訳じゃない。肉体が成長する時、食物が重要な働きをするように、精神もまた成長する時に必要なものがある。それは何だと思う？」

「それは知識やそれを得るための勉強だろう。それもわかり切ったことだ」

「いや、そうじゃない。違うんだ。精神が成長する時に最も必要なもの、それは精神が健全に発達するために、外界からの人間の五感に対する健全な刺激が必要なんだ。例えば、乳飲み子の事を考えてみて欲しい。幼児は知識を得るために勉強をしようと努力している訳ではない。外界からの刺激に対し、無意識に反応しているだけなんだ。その外界からの刺激を、眼を動かし、体を動かしして、記憶のなかに取り入れ、本能的に成長の糧にしているんだ。これは食物的には母親の母乳と同じ働きをしている。そうして記憶を積み重ね成長していくんだ。以前NHKテレビで，あるドキュメンタリーをやっていた。幼児の記憶力がある時期異常に高くなるというんだ。それは表面意識が芽生えるとき、即ち三歳くらいになるとその能力は急速に衰える。特に一歳くらいがその能力のピークになる、と言われている」

「そういえば、三つ子の魂百まで、とよく言うよな」

「それと、人間にとって、最も刺激が強いのは五感の内で何だと思う？」

「うーん、それは子供にとって、という意味でか？」

「いや、子供だけじゃない。ある程度成長した大人の人間を含めて、だ」

「それは眼と耳だろう。俺は三歳くらいの時の記憶がまだある。それも音を伴って比較的はっきりと覚えている」

「言い換えれば、映像と音だ。この二つを備えたものは何か。つまり、テレビ！　テレビなんだよ。子供に最も影響を与えているのは。さっき俺が教えた洗脳の手段にサブリミナルな音と言ったが、映像でも同じ作用があるんだ。1957年にアメリカのビカリーという人が映画館で3000分の一秒の投射実験をして話題になっている。つまり、音にしても映像にしても人間の潜在意識（サブリミナル）に働きかけると、その人の精神に強い影響を与える事ができるんだ」

「そういえば、昔、ある人が、テレビによって日本人は一億総白痴化する、と言っていたな」

「そうだ。それは本当だ。しかし、その言い方は真実の半分しか言い当てていない。音や映像は人間にとって最も刺激が強いものだ。という事は、精神の発達に障害を与えるだけじゃない。いい意味で発達を促す事だって考えられる。食物と同じ事なんだ。しかし、食物は研究が進んで栄養学として確立している。その反面、音や映像は全く解明が進んでいない。だが、もしかすると、いや、確実に研究が進んでいる所がある。それはタヴィストック人間関係研究所だ」

「俺はそのタヴィストック何とか、という機関は全く知らないが、テレビが子供に悪影響を与えているのはよくわかる」

「いや、そんな程度で済む話じゃない。アメリカでの教育の基本方針は『結果本位教育（OBE）』という。これによって、NTA（全米教員協会）は子供達を洗脳し、親がそれと気付かないように社会主義者へ育成している。それと、OBEの呆れたもう一つの側面は『性教育』の重視で、小・中学生にレズやホモを植え付けようとしているんだ。このようにアメリカ国民は教育によって破壊されつつあり、子供の異常が増えている。第二次世界大戦後の日本でも、教育制度は、ジョン・デューイという人物によって構築されたものだ。この教育の真髄は、平均化した日本人を生みだす事だ。個人の能力を引き出す教育法ではない。デューイはロシアのパブロフの条件反射を取り入れ、暗記と○×思考によって個人の能力を破壊する事を目論んでいた。教師はただプログラミングされたように生徒を指導するだけだ。枠を外れた子供は容赦なく切り捨てる。そして特別学級に入れる。少しでもまともな感受性を持った子供は、これに耐えられず、学校に行きたがらない。つまり登校拒否だ。また、仲間と少しでも違っていたり、違うことをするとイジメられる。いわば、日本の教育は子供を型にはめる、ロボットの生産ラインのようなものだ。この日本の教育制度を打破しなければ、日本は近い内に確実に滅びる。

これがこの前お前に言った、子供のイジメ問題と若者の精神構造の劣化が偶然に起きた事ではない、という俺の説の答えだ。そして、この問題は世界的に起きている」

「だが、最近教育基本法が改正されたじゃないか。この改正はそれを是正するためじゃないのか？」三四郎は呆れた、という顔をして、

「とんでもない。事実は全くその逆だ。子供をますます枠にはめようとしているんだ。今までの教育はまだまだ不充分だと彼らは考えている。これはタヴィストック人間関係研究所の差し金だ。これが実行されれば、日本の崩壊はもっと早くなる。最も注目しなければならないのは、教師の裁量を奪り上げて、ガチガチに国の体制にはめ込もうとしている点だ。愛国心云々というのがそれを象徴している。意外に思うだろうが、戦前の教育には愛国心なんていう言葉はどこにも出てこない。心ある人は今回の教育基本法に反対しているが、その人達の意見をよく聞いてみるべきだ」

「だが、それとテレビとどういう関係があるんだ？」

「本来、良い方法で音と映像を教育に取り入れればいいものを、反対の目的に使っている。ということは、テレビのアニメや、ゲームがそうだ。日本人の精神を破壊しようと目論む奴らは、サブリミナルに音と映像を利用し、ますますエスカレートさせようとしている。これは危な

い！　だが、多くの日本人は、まさか日本国内でこんな事が行われているとはとうてい信じられない。信じないのは勝手だが、破壊される子供の精神はいずれ日本を破滅に導くだろう。これまで幾つか例を挙げて、目に見えぬ力で国民国家日本を破壊しようと企んでいる輩がいる事を話してきたが、そう考えれば、対策が遅きに失するよりは、今のうちに何をすればこれが防げるか考えておくべきだ。反面、音楽は使いようによっては病気を治療する事さえ可能だ。スーフィーの高名な音楽家、ハズラト・イナーヤト・ハーンはこう言っている。『**インドには音楽が治療のためによく用いられた時期がありました。肉体の健康は魂の健康からもたらされるため、心、性格、魂を癒すのに音楽が用いられたのです**』（音の神秘・平河出版社・刊）

我々は、音と映像が人間に与える影響を、もっと真剣に研究すべきだ」そう言って三四郎は口を閉じた。藤巻はビートルズが闇の権力に利用された、ということがショックで言葉もなく意気消沈していた。そのうち夜も更け、藤巻はタクシーを呼んで帰って行った。

八

「三四郎、俺はここ最近お前の話を聞いていると、頭がクラクラしてくるばかりだ。後で北川に聞いたんだが、ロシア革命やソ連の崩壊さえ、国際金融財閥の陰謀だったというじゃないか。一体この世の中はどうなっているんだ？　もうお前の話なんか聞きたくもない。将来の夢がなくなるばかりだ。これ以上聞くと、まだ何が出てくるか知れたもんじゃない。俺は恐ろしくなった」

「いや、お前には悪いが、まだまだ話には続きがある。陰で蠢いている真の権力者の姿をまだはっきりさせていない。もう少しだ。それに、お前には少しでも俺が知り得たことを、知識として共有してもらいたいんだ」

「共有するだけならいいが、協力せよ、というのはまっぴらだぜ。俺は何かの教義に従ったり、運動の先頭に立つというのはいやだ。大学でもノンポリを通していたんだから」

「いやいや、俺はもともとそんな事をお前に求めたりはしない。そうじゃなく、お前を始め、多くの人が世の中、特に世界の現状はどうなっているのか、よく理解してもらいたいんだ。そして、真実を知らないことには何も始まらない。何も真実を知らないからこそ、政府や御用学者などの言うことを真に受けて、まんまと騙されてしまうんだ。そして、それが彼らを陰で操っている、本当の闇の権力者の思うツボなんだ」

「それならわかった。もう少し我慢してお前の話を聞く事にしよう。なに、俺としても知りたくないわけじゃないんだ。余りにもお前の話が現実離れしているから、ついていくのに骨が折れるだけなんだ。それに、これまで常識だと思われていたこと、学校で習った事などと余りに違い過ぎるんで、その考えを取り入れようとすると、脳がパニックを起こしそうになるんだ」

二人は正月の二日に、三四郎の家でコーヒーを飲んでいた。穏やかな新年の休日であった。窓の外はうららかな初春の日の光が庭に満ちあふれている。三四郎の家は少し郊外にあるから、天気の良い日には小鳥が庭先に飛んで来て、にぎやかにさえずっている。こんな長閑な風景を見ていると、世界のどこにドス黒い陰謀が渦巻いているのか、信じられない思いがする。

だが、三四郎はこの世の中の常として、日の当たるところには必ず影が存在し、明るい昼間の後には、暗い夜が待っているのもまたこの世の真実であることを知っていた。三四郎は、むかし読んだ「草枕」の冒頭の一節を思い出した。《……世に住むこと二十年にして、住むに甲斐ある世と知った。二十五年にして明暗は表裏の如く、日のあたる所には屹度影がさすと悟った。三十の今日（こんにち）はこう思うて居る。―喜びの深きとき憂愈（いよいよ）深く、楽しみの大いなる程苦しみも大きい。之を切り放そうとすると身が持てぬ。片付けようとすると世が立たぬ。金は大事だ。大事なものが殖えれば寝る間も心配だろう。恋はうれしい。嬉しい恋が積もれば、恋をせぬ昔がかえって恋しかろ。閣僚の肩は数百万人の足を支えて居る。背中には重い天下がおぶさって居る。うまい物も食わねば惜しい。少し食えば飽き足らぬ。存分食えばあとが不愉快だ……》けだし、至言だと思ったが、草枕の主人公が住んでいた世の中は遠い昔になった。漱石が表現した世界は今ではさらに過酷になった。今から考えれば草枕の世は一幅の絵だ。それほど長閑だ。それに比べれば今は……。と、ここで不意に藤巻が声をかけてきた。

「おい、またいつもの物思いか？　俺のいる時くらいは、ちゃんと俺の相手をしろよ。今日は怖い物見たさのついでに、聞きたい事があるんだ。お前はこれまで世界の動きを『闇の権力』の立場から見事に説明してきた。俺は信じたくないが、言われてみれば筋が通っている。俺は日本人だ。だとしたら、日本人として最も不幸だった事は太平洋戦争に負けた事だ。常識で考えると日本はなぜあんな無茶な戦争を始めてしまったのか。これは噂だが、真珠湾奇襲作戦は敵の謀略だったという説がある。その点を日本の歴史教育は何も教えない。否定もしていないから故意にぼかしてあるのかも知れない。俺は日本人の端くれとして、真相だけは知っておきたい。お前ならその事実を掴んでいるんじゃないかと思う」

「ああ、よく聞いてくれた。俺はお前にその事をどう話したらいいか、考えていたところなんだ。俺は例の小泉の対米追従政策が、どうしても不可解で仕方がなかった。それで、2005年の8月から、あるブログに自分の考えを発表し始めたんだ。このブログは俺の友人が開いているものだ。その第二回目、8月29日に『日本の対米追従政策はいつから始まったか』という記事を書いている。その中で、『何故に日本はアメリカと開戦したか、真珠湾がなぜあれほど無防備で日本軍の攻撃にさらされたのか。よく考えると、当時アメリカの情報収集能力は、日本の宣戦布告と真珠湾攻撃を事前に十分察知できたはずである。……中略……日本を挑発して第二次世界大戦に引っ張り込み、緒戦は手をこまねいて日本を油断させ、後は物量に物を言わせて怒涛の如く日本を追い詰めた』と書いた。それから俺はこの疑問を解くため、様々な情報を集め始めたんだ。その間読んだ書籍は数十冊に及ぶ。もちろん、日本の戦前・戦後史や海外の翻訳を入れると、調べるべき書物・資料はその数十倍、いや数百倍はあるかも知れない。だが、そのすべてに眼を通す事は不可能だ。俺なりに読んだり調べたりした結果、ある事実に気が付いたんだ。それは日米開戦に至った経緯は、いずれもアメリカの民主主義と日本の帝国主義との衝突であった、という事だ。果たしてそれは真実なのかどうか、という検証はどこにもされた形跡がない。もしかしたらその問題は意図的に避けられ、ぼかされているのかも知れない。

それはさておき、太平洋戦争に至る歴史の流れの中には、紛れもない事実、ある大きな潮流が存在する事に気が付いた。その第一はユダヤ人を中心とする国際金融財閥が陰で動いていたという事。第二に、二度の世界大戦は、たまたま偶然に起こったのではなく、ある大きな目的を持って始められている事。第三に、これほどの大規模な戦争が起こった背景には、莫大な戦費をまかなうための組織があり、仕掛けが事前に用意されていた事、などがある」

「うん。お前があるブログに何か書いている、という事は知っていた。その上、小さなミニコミ紙にお前が書いたと思われるコラムを時折見た事がある。お前がいま挙げた三つの事実の内、三番目は俺にも分かった。それはアメリカのＦＲＳだ。１９１０年の11月にジョージア州のジキル島で秘密の会議が開かれてから、１９１３年に成立した連邦準備制度に違いない。俺はこの間からのお前の話でこの制度に興味を持ったんで、ちょっと調べてみたんだ。そうしたら、驚くような事がわかった。このＦＲＳが創設された翌年には第一次世界大戦が始まり、１９２９年に世界大恐慌が起こり、１９３９年に第二次世界大戦が始まっている。また、１９５０年に朝鮮戦争、１９６５年にヴェトナム戦争が起きていて、この間ほぼ10年から15年間隔だ。その後も、湾岸戦争（１９９１）、アフガン侵攻（２００１）、イラク戦争（２００３）など、現在まで戦火が絶えたためしがない。この歴史の流れを見る限り、お前の説は全く正しい。ＦＲ

Sが戦争を定期的に起こすための時限装置である事は、まぎれもない事実だ。だが、俺が理解に苦しむのは、何故これほどまでして戦争を起こさなきゃならないのか、という事だ」

「その通り。FRSはいみじくもお前が見破ったように戦争を定期的に起こすための時限装置だ。では、なぜ戦争を起こすのか、という事だが、その答はFRSが戦争を起こす時限装置だ、というお前の説に端的に表れている。つまり、金儲けのためだ。戦争は近代戦になればなるほど高度の兵器を大量に使う。相手よりどれだけ優れた兵器を早く、大量に生産できるかが、勝敗を決める。作戦や兵士の能力、戦術などは二の次だ。今では国内の兵器産業生産力が近代戦の勝敗を左右するといっても過言ではない。戦争が産業を活性化させ、活性化された産業がさらに次の戦争を必要とする。要するに負の連鎖だ。その連鎖の中では、戦いで傷ついた兵士や、無辜の市民が殺される事など全く考慮に入れられていない。イデオロギーや宗教対立などは単に戦争を引き起こすための理由付けに過ぎない。要するに大衆は闇の権力者に後ろから笛を吹かれて踊らされているだけだ。これが戦争の本質だとしたら、何と不毛なものなのかと思う。つまるところ、戦争に大衆を引っ張り込む有効な手段は世論操作＝マインドコントロールという事につきる。そして、彼らの最終目的は富と権力と人間の支配だ。世界の支配なんだ」

三四郎はコーヒーを一口啜って一息入れた。藤巻もふと我に返って、伸びたタバコの灰を灰皿の縁でたたいて落とした。

「なぁ、新平、世の中なんていうのは、何も知らなきゃそれで平穏無事に流れて過ぎていくものかも知れない。それはそれで別にどういう事もないわけだが、学校で教える歴史の通り、陰謀なんて微塵もない世界で歴史が動いているのなら、明日の日の出の太陽は、それこそ希望に燃えた明るいものだ。例え些細な問題があったとしても、人間の叡智によってそれはいずれ解決されるだろう。人類の未来はバラ色だ。俺も最近までそう思っていた。だが、それはまやかしだった。本当の歴史はドス黒い陰謀で動いている。かつての**日本とアメリカの戦争は、日本の帝国主義とアメリカの民主主義との戦いだなんて、一体誰が吹き込んだ話だろう。**こんなとんでもない欺瞞はないじゃないか。こんな嘘っぱちはない！　それを学校ではいまだに金科玉条として子供に教えているんだぜ。お前はおかしいとは思わないか？　まず**日本人はこのマインド・コントロールから目を醒まさなきゃならない**」

「そう、その通りだ。俺も最近のお前の話を聞いて、だんだん目が覚めてきたような気がする。しかし、いまいちそのマインドコントロールの、姿というか、掛け方がはっきり分からん。三四郎、俺はこうも思うんだ。マインドコントロールと言っても、我々がアニメや漫画で見るように、頭にカプセルをかぶせられたり、薬を飲まされたりする訳じゃないはずだ。なにせ相手が大勢の大衆だからだ。だとすると、大の大人がそうやすやすと簡単に、見え透いたマインドコントロールなんかに引っ掛かるものなんだろうか」

「そこが奴らのつけ目なのさ。俺は子供じゃないんだから、簡単に子供騙しのような手品に引っ掛かるものかと誰でも思っている。また、そう身構えて意気込んでる人間ほど騙しやすいものなんだ。そういう人間が一番頼りにするもの、それは〝権威〟なんだ。学者や大学教授の話になると、ろくに考えもせずに信用してしまう。あるいは大新聞やテレビ・ラジオで報道されると、訳もなくそれが真実だと思ってしまう。何のことはない、単に思考停止しているだけなんだが、自分では分かったような気分になって、そこから自分の考えをつないでいくという手抜きをしがちだ。彼らのやっている事といったら、単に二次情報に頼っているだけだ。だから親亀こけたらみなこける、というバカなことになる」

藤巻は三四郎の言う事は理解できた。だが、心の底では、自分を含めて人間の知性というものを軽く扱われているような気がして、何となく釈然としないものを感じた。

「だがなあ、お前の言う事は良くわかるが、そうだとすると、世の中はよってたかって一般庶民を騙す事が仕事みたいになるぞ」

「その疑問は一理ある。しかし良く考えなきゃだめだ。我々はいつもどこから情報を得ているのか。中心は何といってもマスメディアだ。最近はインターネット情報というものも増えてはいるが、まだ一般的じゃない。ところが、そのマスメディア情報の信頼性はどのくらいなのか。一般庶民は専門家やジャーナリストじゃないから、情報の信頼性などというものはほとんど問題にしない。いや、実際はできないんだ。実はそこに大きな落とし穴がある。普通メディアは情報が入ると必ずウラを取る、という事をする。それはガセやウソ情報を篩い落とすためだ。これをやらない情報はまず掲載されたり放送されたりはしない。これから長ったらしい話をするが、お前は最後まで聞く気があるか？」

「ああ、あるとも。お前の話にはちゃんと結論がある。女の子のムダなおしゃべりとは違う。いいから最後まで話せ。聞かせて貰おうじゃないか」

「それなら今日は今までわざとぼかしていた話を含めて話してやろう。例えば、いま日本で最も権威があると見なされているマスメディアはどこだろうか、と考えると、真っ先に思い浮かぶのがＮＨＫだろう。ところが、いまＮＨＫほど大衆操作の拠点にされているところはないんだ。ＮＨＫのバックには旧大蔵省・今の財務省がついている。最近は旧防衛庁・今の防衛省も食い込んでいる。そしてその背後には背後霊のようにこれらの役所や官僚と関係が深い政治家が控えている。歴代総理大臣で長期間大きな権力を発揮したのは、ほとんどが大蔵族と呼ばれた政治家だ。小泉が5年以上も総理大臣を務められたのも、彼が大蔵族だったからだ。財務省はＮＨＫの権威の高さというものを利用して、いま盛んに健全財政の意義を解説委員を使って流させている。先の参議院選挙で自民党は大負けをしたが、この原因は年金問題や政治と金の問題ばかりじゃない。一番大きかったのが格差問題、地方と中央の格差、大企業と中小企業の格差、労働者の所得格差が原因だった。しかし、ＮＨＫの解説委員の一人は、**格差はある意味で仕方がない**、それよりも地方ばら撒き政策に戻ることなく、健全財政を維持すべきだ、小泉改革を続けるべきだ、と説いている。誰が見たって小泉改革は大失敗で、欺瞞であり、これで国家財政が改善したなどとは誰も思っていない。なのに、財務省はこの政策をやめようとしていない、どころか、最近は大幅な増税まで打ち出してくるようになった。頭のふやけた政治家どもは何も理解していないし、知ろうともしていないが、彼らだって、緊縮財政や増税で国家財政が改善しない事くらいは良く知っているんだ。彼らの関心は国民の幸福の事ではない。自分達の役所の利権確保と、自らの出世、政治家はカネと地位の事しか頭にない。その背後には、アメリカの政権とそのまた後ろには国際金融財閥がいる。肝腎なのは、ＮＨＫは受信料を国民が払っている、つまりパブリック放送だというところだ。ところが、日本人はパブリックというと公のものだと勘違いしている。これは完全な誤解だ。イギリスでパブリックスクールというのは公立学校の事じゃない。私立学校の事だ。だから、パブリック放送というのは、民間のための放送局という意味になるんだが、このことを政治家も我々国民も履き違えている。いや、ずる賢い官僚やＮＨＫはこの誤解をうまく利用しているふしさえある。何も役所や政治家の言いなりになって、提燈持ちニュースを流す事はないのに、奴らは立身出世というエサを使っている。ＮＨＫというところは幹部になると様々な特権がある。退職後の天下り先も恵まれたものだ。反面、ＮＨＫの人事や予算は国会と内閣が握っている。これは国会議員が国民の代表だという認識からだ。しかし、事実上利権を握っているのは役所（総務省と財務省）と内閣だ。つまり、役所の言う事を良く聞き、与党政治家の受けのいい人間が出世する事になっている。エビ・なんとかがその典型だ。この事実はＮＨＫが役所や政治家の餌食にされやすい、という側面を如実に表している。とどのつまりはＮＨＫが最も信用できない、という事になる。これは一般庶民の感覚と１８０度ずれている。だからこそ、ＮＨＫが最もマインドコントロールの道具にされているというんだ」

「ふーん。そうなのか」藤巻はさも感心したように言い、言葉を継いで、

「じゃ、民放はどうなんだ？」と聞いた。

「民放の最も大きな弱点はスポンサーがいる事と、営利企業である事だ。つまり、視聴率に番

組内容が左右されやすいという事だ。どんなに内容のある良い番組でも、視聴率が悪けりゃスポンサーがつかないから、打ち切られる。反対に、イカれた下らんバラエティ番組など、心ある人は見もしないが、一般大衆は喜んで見るからスポンサーも付く。それにワイドショーなんかは大企業がスポンサーだから、大企業寄りの政策を取った小泉・安倍内閣の支援姿勢でないとディレクターからOKが出ない。与党のある政党などはバックに宗教団体が付いているのが明白なのに、批判が全くないのもその宗教団体が大スポンサーである事と大いに関係がある。これでは放送法に規定される公平・公正、不偏・不党などまるっきり絵に書いた餅だ。そのうえ中央の役所や県などに設置されている記者クラブなどという制度も諸悪の根源なんだ。最近のテロ特措法の問題も、NHKが支持の方向で番組を流し始めた途端に、賛成の支持率がハネ上がっている。海外では既にメディアがテロという言葉を使うこと自体に神経を使い初めているのにも関わらず、いまだにテロ、テロと言って憚らない。日本のメディアがいかに異常かこれを見てもわかるだろう」

藤巻は肯定する言葉さえ忘れて、三四郎に続きを促した。

「いったいこんな事はいつから始まっているんだ?」

「第二次大戦後からだと言いたいんだが、実は明治維新の時からだ。江戸時代にはちっぽけな瓦版しかニュースや情報を知る手段はなかった。それも江戸か上方だけだ。田舎では噂話に聞くだけだったから、流言飛語も多かった割には、マインドコントロールはおろか、世論操作も起こりようがなかった。明治になって新聞制度が出来、大正になってラジオ放送が始まってからだ。つまりだ、メディアというものは最初からマインドコントロールの道具だった、とも言える。俺の手許に、ある本がある。それは、1928年に出版されたものだ。ありとあらゆる宣伝活動（プロパガンダ）に従事する人達にバイブルのように読まれた本だが、著者は有名な心理学者のフロイトの甥のエドワード・バーネイズというアメリカ人だ。その冒頭にこうある。

『世の中の一般大衆が、どのような習慣を持ち、どのような意見を持つべきか、といった事柄を、相手にそれと意識されずに、知性的にコントロールすること——は、民主主義を前提とする社会において非常に重要である』（中田安彦訳「プロパガンダ教本」成甲書房・刊）　これこそマインドコントロールの真髄であり、極端な事を言えば、この世の中は意図的なプロパガンダで動かされているようなものだ。そして、それを肯定するような本も書かれていて、政治家やマスメディアがそれを使っているという事だ。これを操作と言わず、コントロールと言わないのなら、他に何と表現すればいいいんだ？」

「まったくだ。今のいままで俺は安穏と暮らしてきて、マインドコントロールなんてあるはずがない、と思ってきたが、それがとんでもない誤解だったという事が改めてはっきりわかった。それで、お前は歴史がドス黒い陰謀で動いている、などと物騒な言い方をしたんだな？」

「そのとおり！　今回はこの事を最後までお前に教えてやる。このような大衆の世論操作、マインドコントロールを背後で指揮しているのは、いわゆる闇の権力者達である事を認識しなけりゃならない。その事を理解するためには、世界を陰で動かしている権力の構造を知る必要がある。まず、トップにいるのは『イルミナティ』と言われる３００家族だ。この組織は秘密結社中の秘密結社だ。秘密結社といえば、フリーメーソンがよく知られているが、イルミナティはフリーメーソンの奥の院みたいなものだ。俺はこれを暴いた、フリッツ・スプリングマイヤーというアメリカ人の著作『イルミナティ悪魔の13血流』（ＫＫベストセラーズ・刊）を読んで、鳥肌が立った。イルミナティの起源は、ババリア公国（ドイツ）のインゴルシュタットでルシファー（堕天使）を崇拝する秘密教団を設立した、アダム・ヴァイスハウプトであると言われている。１７８０年頃の事だ。ヴァイスハウプトはイルミナティの目標として、次のように述べている。**『教団の真の目的は世界を支配する事である。これを達成するため、教団はあらゆる宗教を破壊し、すべての政府を打倒し、私有財産制を撤廃しなければならない』**。だが、そもそもイルミナティとは悪魔のエリート集団であり、黒魔術を実践することでその力を得ている。

その根源は数千年以上に亘って、ある秘密の一神教にある。多くの仏教教団、キリスト教宗派のリーダーたちはイルミナティとしっかり結びついている。彼らの共通点は『一神教』であるという点だ。お前は突飛な話だと思うかも知れないが、そのイルミナティにさえ背後に、さらに上をいくとんでもない悪魔が存在するんだ。有名な考古学者のゼカリア・シッチンはそれを『アヌンナキ』という異星人だといっている。爬虫類人（レプティリアン）という人もいるが、俺はそこまで来るとどうもよく分からない」

藤巻は半ば呆れたように言った。

「へーえ、お前、よくそこまで調べたな。俺はそんな組織や人間がいたなんて、聞いた事がない。まして異星人だなんて、まるでＳＦ映画みたいじゃないか。そら恐ろしい」

「そうだろう。こういう事は呑気な日本人には考えられないことだ」

「で、イルミナティにも手下がいるのか？」

「いるとも。まず、ビルダーバーグ・グループ、ローマクラブ、スカル＆ボーンズ、日米欧三極委員会、ＣＦＲ（外交問題評議会）などがある。メンバーは互いに入り組んでいる。その下にはＣＩＡやＭＩ６などの諜報機関がつながっている。アメリカ大統領やイギリスの首相と言っても、イルミナティからすればただの御用聞きに過ぎない、とも言われている。我々はこのような複雑怪奇な現実を理解しないと、今の世界の動きは分からないんだ。ところが、メディアはほとんどが彼らの手先だから、こういう事は100%報道しない。俺が知ったのも、ユダヤ人の陰謀説を追っていて、ネオコンという存在にいき当たったからだ。ネオコンはトロツキスト・ユダヤ人だった。ところが、いつかも言ったように、このユダヤ人は本当のユダヤ人ではない。アシュケナージと呼ばれる、もとはトルコ系カザール人だ。よく調べるとロスチャイルドもアシュケナージらしい。で、こういう事実をつなぎ合わせると、一部のユダヤ人たちが世界を動かしているんじゃないか、という疑問を持った。そうして、インターネットを漁っていると、ある時スカル&ボーンズという組織にいき当たったんだ。そこで、その根源を調べてみると、アダム・ヴァイスハウプトというドイツ人がイルミナティを組織した事が分かったんだ。スカル&ボーンズがイルミナティの手先だったということだ。その間、かかった時間は3年間だった。ほとんど俺一人で調べ上げた結果だ。誰かに教えられたりヒントを貰った訳じゃない。次から次へと疑問が湧くたびに、まるで玉ねぎの皮を剥くように新しい事実が出てくる。全く信じられない思いだった。だが、そもそものきっかけは小泉ごときへボ国会議員が、なぜ総理大臣にまで登りつめて、郵政民営化などというトチ狂った政策をやったか、だった。この一連の流れはこの間からお前に話した通りだ」

三四郎は一気にしゃべり終えると、氷の入ったコップの水を一息に飲み干した。そして、おもむろに続けた。

「これで終わったわけじゃない。このままいけば、世界は、というより地球は確実に滅亡するしかない。エネルギーも枯渇し、食料生産も増加する人口に追いつかず、地球の環境破壊もいき着くところまで来ているとしたら、もうすぐ人間社会が破綻する事は目に見えている。経済だってこのままじゃ破裂するしかない。そもそも貨幣経済は、そのものが悪なんだ。なぜこうなったんだろう。おかしい、とお前は思わないか？」

藤巻は黙って聞いていたが、いきなり問いかけられてとまどった。

「俺だっておかしいとは思うさ。だからといって、うまい解決方法がある訳じゃない。こうなりゃ、いき着くところまでいって、人間が今の何十分の一かになって、経済も科学も、何もかももう一度一から原始時代に戻って、やり直すしかないんじゃないのか。核戦争までやってしまえば、それも不可能になってしまうが、人間はそれほどバカじゃないだろう。唯一の希望はそれ位しか考えられないなあ」しまいに、彼はため息をついた。

そして三四郎が言った。

「だが、俺はそこまでいく前に何かが起こるような気がする。どうもおかしい、というのはその事だ。俺はいつも思うのは、この世の中は何か仕組まれているような気がするんだ」

「仕組まれているという事は、暗黒の秘密結社の陰謀の事じゃないのか？」

「**そうじゃない！**　宇宙にはゴマンと星がある。銀河まで数えれば、宇宙は無限大だ。人類だけが知的生物だっていうのは無理がある。さっき言った、ゼカリア・シッチンじゃないが、異星人は確かに存在するのだろう。この宇宙を創造した造物主、つまり、全知全能の神とでも表現するような存在に、**我々は手のひらの上で踊らされている**ような気がして仕方がない」

　藤巻は天を仰いで言った。

「そこまで言われると、俺には何にも解らん。人智の理解の外だ。いわば、神のみぞ知る、という事だな。これ以上は神秘論になるから、もう止めよう。今日は随分長話をした。いや、お前の話はためになったよ。刺激的だった。だが、俺のような凡人にはやっぱりついていけない気もする」

　いつものように、藤巻は別れを惜しむようなそぶりは全く見せず、ひと言、別れを告げて、三四郎の家を出ていった。あとは正月の昼下がりの太陽が居間のソファに残り陽を降り注いでいた。その中で三四郎はひとり黙然と物思いに耽っていた。

九

三四郎は考えあぐねた末、藤巻に電話した。ここ数日、三四郎はある考えに取りつかれていた。誰に話しても受け入れられそうもない。藤巻だけは少し頑固だが、口は堅いし、これまで思い切って一連の話をしてきたいきがかりもある。

「おい、新平、これから俺の家へこないか。あれから俺も色々考えた。実はお前に話したい事があるんだ。あれこれ考えているうち、ひとつ重要な事に気が付いたんだ。ぜひお前にそれを聞いてもらいたい」

「よし、わかった。お前がそんな事を言うのはよほどの事だろう。どうせなら、もう夕方だから、一緒に飯でも食いながらどうだ」

「それもそうだが、人のいるところでは話したくないんだ。食事ならお前の美食ぶりを考えて、近所の寿司屋で極上の握りを頼んでおいた。旨い地酒も用意してある。明日はどうせ日曜日なんだから、泊まって帰れよ。奥さんには俺から話すから」

「うん、そうしよう。女房はいいよ。いまそばにいるから、俺から言う。そんなに信用がない訳じゃない。お前の家だったら大丈夫だ。そう言ってすぐ行く」

小一時間ほどして玄関のチャイムが鳴った。例によって碌な挨拶もせず、藤巻はつかつか上がり込んできていきなりニヤリとして言った。

「おい、三四郎、俺の女房は俺と違ってよく気が付くぞ。どうせお前の家はひとり所帯だし、てんや物の寿司だけじゃどうしようもないだろうからって、ちょうど夕食の支度をして準備していた有機野菜のサラダと前の日から作っていたビーフシチューを持って行け、というんで持ってきた」

「それは有難い。こういう時だけはお前の家が羨ましいよ。奥さんは料理上手だからなぁ」

「ところで、急に話があるってのは一体どういうことだ？　俺がお前のところに押しかけるのはよくある事だが、お前のほうから言い出すのは珍しいじゃないか。まさか、カネを貸せだの女を紹介しろだの、という事じゃないのはわかっている。そっちの方だったらもちろんどうにでもしてやるが」

「当たり前だ。どっちにも用はない。そんな事より、俺はこの前お前に話した事を思い返し、つらつら考えていると、とんでもない事に思い当たったんだ」

「おい、あの話の続きはもういやだぜ。俺は神秘論は嫌いだ」

「とんでもない。神秘論なんかじゃない。例の小泉の事だ」

「じゃ、話せ。聞こうじゃないか。と、偉そうなことを言ったって、俺はお前ほど頭脳明晰じゃないから、聞かせてもらう、というのが本音だが……」

「小泉は総理就任に当たって、亀井静香と約束していた事があった。それは積極財政による日本経済の立て直しだった。ところが、小泉はあっさり約束を反故にして、超緊縮財政に走った。これはどう考えても、また、小泉の小心な性格からしても不自然で説明がつかない。この時点では『郵政民営化』は政治日程に上ってない。そこで考えられるのはアメリカからの圧力だ。どういう圧力か？　これが重大問題だ。いま当時の事を思い返すと様々な思惑が見えてくる。究極のところアメリカは、日本から富を強奪した上で潰しにかかったのではないのか。そう見ると郵政民営化は途中の達成すべきひとつのステップだとわかる。そして、日本には幾つかの極めて強力な力を持った圧力団体が存在する。農協、建設業団体、特定郵便局、医師会などだ。それぞれの組織団体が自民党の中で族議員を抱え、政治的権力を行使している。その中の最大派閥が旧田中派の流れを汲む橋本派、つまり経世会だ。これを潰すためにはどうしたらいいか、と考えると、まずそれぞれの利権構造を断ち切る必要が生じる。そのためには依然として力を保有して隠然たる権力を行使していた派閥のトップを抹殺するしかないことだ。で、どうしたか？　結論を言うと、橋本龍太郎、竹下登、小渕恵三はいずれも暗殺され、村上正邦、亀井静香はダメージを捏造して追放された。アングロサクソンの白人はそんな事をする位は屁とも思わない」

「うん、それで辻褄があう。とんでもなく恐ろしいことだが、アメリカならやりかねんなぁ」

「次にやった事は、例の郵政民営化だが、それはさっきも言ったように富の強奪のひとつのステップに過ぎない。で、同時に公共事業の大幅削減が始まった。そのためには削減の大義名分が必要だ。マスメディアを使って談合のきびしい摘発と、年次改革要望書の中の独禁法強化を併せ技でやった。まったく見事なやり口だ。一般大衆はまんまと一杯食わされた。つまり公共事業不要論と建設業界バッシングが澎湃として湧き起こったんだ。多勢に無勢、鉄壁の組織力を誇る建設業団体といえどもこれに耐えられるほど強力ではない。単なる首相の一諮問機関に過ぎない経済財政諮問会議がメディアの後ろ盾により毎年5％の公共事業削減を打ち出すと、それに抵抗するすべはなかった。その根拠になったのが、巨額の財政赤字と見かけ上の国家債務だ。だが、この根拠はデッチ上げに等しい。国の財務諸表を正確に分析すると、日本の国家財政は欧米に比べてそんなに悪い訳ではない。例の、経済のグローバル化の大合唱が何の根拠もなかったように、この言い分はメディアによるマインドコントロールの可能性が高い。この陰に財務省の隠然たる力が働いていることを見逃してはいけない。加えて小泉は旧大蔵族であった事も忘れてはいけない。ここで併せて、小渕内閣で経済財政諮問会議のメンバーの一人であったTという人物がさりげなく登場し、ハイエクの薫陶を受けたマネタリスト経済学者のミルトン・フリードマンの命により市場原理主義という魔物を持ち込んだ。実際には、キッシンジャーがTに命じた、といった方が正確かもしれない。内実はアメリカの年次改革要望書に基づく改革だが、奇妙な事に、Tはウソをついてそれを隠した。過去に公の場で認めていたものを翻してそんな文書は聞いた事もまして見た事もない、と見え透いた嘘をついたのだ。この事はTがアメリカの命を受けて日本の政権中枢に紛れ込んでいた事実を如実に示している。そして不可解な事に、メディアはその見え透いたウソを追求しようともしなかった。メディアもまたアメリカからの巨額の工作資金を注入されてアメリカの言うなりになっていた事を示している。フリードマンはユダヤ人で、チリとアルゼンチンでこの市場原理主義を実施して見事に経済を崩壊させている。このように小泉の経済政策はアメリカから送り込まれたTが後ろ盾となって日本経済を崩壊させる事が目的であった事は一目瞭然だ。今の日本は誰が見たってまさに崩壊しかかっている。しかし、誰もそこから先へ踏み込まない。なぜなんだろうか。考えてみると皆がそうなる原因がひとつだけある。我々はマスメディアによってマインドコントロールをされているからだ。普通正常な働きをする神経であれば、何事によらず問題が生じたり、試験の結果が悪かったりすると、原因は何なのか、改善する方法はあるのか、そういう、いわば、『傾向と対策』を立てようとするだろう。二度と同じ失敗は繰り返すまいとする。それが正常な神経だ。我々日本人はそうして何度も国家的危機を乗り越えてきたんだ。ところが、先の大戦、つまり太平洋戦争後から、露骨な対日工作が開始され、そういったことが全く行われなくなった。一応表向きは行われたかに見える。しかし、日本の現状を見る限り、その傾向と対策が生かされているとは思えない。みんなが解った積りになって、実は何も解っていない。これは一種の思考停止だ。著しいのは学校で教えられている戦争の記憶だ。至る所で事実の歪曲や揉み消し、捏造が行われているにも関わらず、教師は疑おうとしない。その記述はおかしいじゃないかと一部で指摘する人が表れてもまともに相手にされない。マインドコントロールされ、騙されていると俺が叫んでいるのはこういう現実を見ての事だ。それどころじゃない。頭のふやけた大部分の政治家は、あの久間元防衛大臣のように、原爆がなぜ二度も落とされたか、という大問題さえ、真実を理解していない。俺は前に北川さんに、東西冷戦は欺瞞だった、と言った事がある。ところが、その欺瞞のはずの共産主義が、本気で自分達の帝国を作り上げようとしていた時期があったんだ。資本主義者の後ろ側に控えていた超資本主義者=イルミナティの事だが、奴らはスターリンが秘密の指令に従わなくなっている事を察知した。それで、何らかの警告を発する必要があったんだ」

「じゃ、お前は、それでトルーマンが日本に原爆を二発も落とした、と言うんだな。もしそれが本当なら俺は許せん」藤巻は唇を震わせながら吐き捨てるように言った。藤巻の身内の何人かは広島で被爆していた。叔父と叔母は、遺体さえ発見されなかったという。

三四郎は、青い顔をして大きく眼を見開き噛み付くように見返している藤巻に向かって言った。

「許せない、と誰でも思うだろう。だが、俺がもっと許せないのはトルーマンじゃない。後ろに隠れて糸を引いている闇の権力者、即ち超資本主義者=社会主義者たちだ。また、極め付きの愚か者は、原爆しょうがない発言をした元防衛大臣だ。よく考えてみろ。あの時、日本は既に白旗を上げていたんだ。政府は原爆投下の数日前に無条件降伏の意思を連合国側に伝えている。これだけでも原爆投下は完全に国際法違反だ。ところが、日本政府は抗議らしい抗議をこれまでしてこなかった。この事実は日本国民に対する裏切り行為でもある。極言すれば、戦後の日本政府高官というのはアメリカの傀儡でしかなかった、ということの裏付けでもある。つまり、戦争を終わらせるために原爆を投下せざるを得なかった、というのは真実を覆い隠した真っ赤なウソで、戦勝国の単なる言い訳に過ぎない」

「何という事だ！　もしお前の言った事が本当だとしたら、とんでもないことだ」

「本当だとも。ウォール街とクレムリンが裏で繋がっていた、というもう一つの事実もある。ヴェノナ文書という、アメリカの地下共産党、つまりルーズヴェルトやトルーマンという、本当は社会主義者であるアメリカの裏切り者と、クレムリンとがやり取りした秘密暗号電文のコピーが大量に公表されているんだ。10年以上前からその読み込みが行われているが、数年前イェール大学からその内容の一部が出版されている。もしそれが翻訳されて日本で公刊されたら、日本人は大きく歴史認識を変えざるを得ない、と言われている。日本人にだけは知られたくない真実なんだ。ただ、それに近い文献が日本でも翻訳されて出版されている。赤狩りで有名なジョゼフ・マッカーシーが書いた『共産中国はアメリカがつくった＝G・マーシャルの背信外交』（副島隆彦・監修・解説・成甲書房・刊）と父ブッシュの部下として太平洋戦争に従軍したロバート・B・スティネットという記者が書いた『真珠湾の真実＝ルーズヴェルト欺瞞の日々』（文藝春秋・刊）という本だ。情けない事に、日本のメディアは、この類の本を『トンデモ本』

というレッテルを貼って一般の読書人から遠ざけ、このような本に書いてある事をまともに取り合う人を単なる好事家か非常識人、もしくは変人の如く揶揄している。これもいわばマインドコントロールの一種だ」

「知らぬはわが日本人だけか。わかった。俺もその本を読んでみよう。あとでその本のメモをくれ。亡くなった叔父や叔母の供養にもなる」

三四郎は遠くを見るような眼をして続けた。

「日本人は騙されている。だが、この事は戦後始まった訳じゃない。日露戦争はユダヤ人財閥が帝政ロシアを倒すために仕組んだものだ。日本は罠に引っ掛かったんだ。有名な司馬遼太郎が昭和48年に5年間という年月をかけて書き上げた『坂の上の雲』は著者本人が決してドラマ化を許さなかった。理由ははっきりしないが、彼ほどの力量のある作家が歴史資料を漁っていった過程で、日露戦争が欺瞞で固められたでっち上げの戦争であった事に気付かなかったはずがない。欺瞞で戦わされた戦争で実に多くの兵士を死なせたことに対して彼ほどの作家が義憤を感じなかったはずがない。大国ロシアに勝った、勝った、と大喜びした日本人の浅はかさ、またそれを戦争小説にして賛美される事に対して抵抗を感じた司馬は、ドラマ化される事によって自分の想いがかき消され、後世歴史が真実を伝える事になった時に、恥を晒すのを恐れたんだと思う。そんな作家の心情を何も知らない地元の人は、早くドラマ化しようと騒いでいるようだが、皮肉にもドラマ化を担当していた脚本家が自殺してしまって、大幅に遅れている。俺だったら絶対にドラマ化はさせないね。まぁ、司馬遼太郎の気持ちを考えると、尤もだと思う」

「へぇー、で、お前は『坂の上の雲』を読んだのか？」

「いや、読まない。例えどんな名作でも、欺瞞で起こされた戦争小説なんか読んでも面白くないし、実際に戦死した兵士に申し訳ない」

「三四郎、ちょっと話が脇道に逸れてやしないか？　お前はそんな事を言いたいために俺を呼んだ訳ではあるまい」

「うん。話を元に戻そう。戦後の日本の復興は凄まじかった。俺は奇跡だと思う。だが、一方で何か大切なものを失ったのも事実だ。それは人間らしい心だ。お前には申し訳ないが、俺は唯物論者じゃない。だから、人間は肉体と霊魂とが結びついて、初めて人間たり得る、と思っている。それが戦後の復興に当たって、ヒト（肉体を以て働く力としてのヒト）、モノ、カネ、と言われて、物質面のみに偏って国が動いて行く過程で、人間の精神性が疎かにされていった。そのうえ、日本の戦後史の中で、実に凄まじい恐怖的な事件が多発した事が隠蔽されている。

それは重要人物の暗殺だ。ある調査では政治の世界で、与野党を問わず200人以上の政治家が殺されているという。その他、ジャーナリストや学者、教育者、裁判官といった、およそ政治に関わりのない人もたくさん暗殺されているんだ。実に驚くべきことだが、そのほとんどが事件として表沙汰になっていない。この間からお前に話してきた事の中に、少しは含まれているが、真実はもっと深く暗い闇に埋没しているという事だ。俺はなぁ、その最後の仕上げが小泉・安倍であったと思っている。つまり、日本はこんなに意図的に破壊され、崩壊の坂道を転げ落ちている、という事なのだ」

「俺にもやっと少し解りかけてきた。続けろよ」

「まず、日本の戦後復興に大きな役割を果したのは何の力であったのか。日本人が勤勉で能力が高く、みんなが必死で復興に努力したというのは当然として、幾つかの産業の中で特に功績があったのは農業と建設業だ。特に農業は敗戦の廃墟の中で路頭に迷う多くの国民がろくに食うものもない状況下で、必死になって食料増産に努力した。これは政府が採用した政策が大きな役割を果している。それは農地改革だ。日本が戦前の古びた社会制度を、恥も外聞もなくかなぐり捨てて、まずやった事が農地解放だった。これは小作農として低い身分に抑え付けられてきた大多数の農民を自作農としてそれらの地位向上をはかり、食料の大増産と自給率の上昇をもたらした。戦後の数ある改革の中で、成功した数少ない例だ。農村の活性化は戦後日本の復興の証（あかし）だった。ラジオ・テレビで『明るい農村』の姿が紹介され、多くの人が勇気付けられた。NHKラジオのお昼の番組は農作業の手を休める農家向けであった事が、俺にはつい昨日の出来事のように思い出される。しかし、今は昔の感ひとしおだ。現在地方へ行くと、農地のかなりの部分が耕作放棄地として雑草が生い茂っている。一時80%を超えていた食料自給率は、いまや20%台にまで落ち込んでいる。これは大変な事だと危機感を持っている国民は皆無に等しい。終戦直後のあの窮乏感はどこへ行ったのか。その最大の原因は農地の相続制度の不備にある。農地は遺産ではないにも関わらず、遺産と見なして狭小な農地を子供の代にさらにこま切れにするような遺産相続制度の欠陥を農水省は是正しようともしない。都会でサラリーマンをしている次男、三男にまで親の農地の相続権を認めれば、いやでも農地は駒切れになり、もともと農業をする気がなく都会へ出て行った人間が耕作しないのは当たり前だ。そのうえ日本は国土が狭小なため昔から土地に対する執着心が強い。土地神話というのは、昔から、領地だとか荘園というように土地さえ持っていれば権力者の仲間に入る事ができ、大きな財産になるという錯覚から生じた現象だ。そして、農業の衰退に拍車がかかったのは、アメリカから持ち込まれた民主主義の弊害で、子供はみんな平等だという見地から、農業を守るという気概を萎えさせ、長男が親の老後を看取るという古き良き伝統を変えて、年寄りになれば親を老人ホームにでも入れればいい、という一見合理的に見えて、かえって肉親との心の繋がりを断ち切ってしまうような矛盾が生んだ悲劇だ。この合理主義（ご都合主義）と物質主義はかつての不動産バブルを生む遠因にもなっている。次いで最近持ち込まれた市場原理主義がそれに追い討ちをかける。農産物輸入自由化によって農家の収入を極端に低下させた。農民の耕作意欲はさらに低下し、食料自給率は低下に歯止めがかからず、もはや食料が、危急の際に国民を飢えから守る戦略物資であることすら忘れられかけている。おまけに農業就労者の高齢化のため農作業の効率化を図る目的で、無理をして各種の農業機械を農家各戸がローンで購入するという、ローン地獄までもたらし、さらに大量に使用される農薬と化学肥料が農業生産コストにさらに追い討ちをかけて、農産物の国際競争力を低下させる。逆に農協に借金ばかりが増えて、儲けるのは農協ばかりという悪循環が生じた。生産された農産品は農薬と化学肥料に汚染しつくされ、もはや良質な食料と呼ぶ事さえ躊躇われる単なる物質に過ぎない。結果として、農協は農家から吸い上げた資産が莫大な額にのぼり（約50兆円）、今や郵政と同じようにアメリカへの貢物にされようとしている。まったく農家にとっては踏んだり蹴ったりの破滅的状況と言えよう。まさに日本の農業はいまや崩壊の危機にある」

ここで藤巻が言葉を挟んだ。

「ふむ、言われてみればその通りだ。我々都会の人間はもうちょっと農家の苦労を汲み取り、感謝しなけりゃならないと思う。それで思い出したが、最近の若い母親は、学校で出される給食の始めにいただきます、と子供に言わせないでくれ、とクレームを付けてくるそうじゃないか。なぜですか、と教師が聞くと、うちの子はちゃんと給食費を払っている、まるで恵んでもらうような、卑屈なものの言い方をさせないでほしい、と言うんだそうだ。それは意味が違うだろう。全く嘆かわしい限りだ」

「まあ、それは結果がすべてだという、現実主義、市場原理主義がもたらした悪弊のひとつだ。ところが、問題は農業だけに止まらない。地方の中小建設業もいまや崩壊の危機に直面している。戦後瓦礫の山と化した都会を不死鳥のように甦らせたのはゼネコンだと言われているが、本当は地方も復興が必要だったのであり、それを支えたのは地方の中小建設業者だ。しかもゼネコンは実際に施工を担当していた訳じゃなかった。仕事をやっているのは下請けとなった中小建設業者なんだ。大手ゼネコンは復興のコーディネーターであって、土にまみれて施工したのはすべて中小業者だ。実は本当の復興は地方の生産力が向上して初めて本格化した、という事実も多くの人が見逃している。それはどういう事かというと、もともと都市では多岐にわたる生産活動は行えない。だから、地方で生産された食料や一次産品などを都市へ送り出すため、地方と都市を結ぶ交通網の整備、上下水道の完備がどうしても不可欠だが、それを地道に施工したのは地元の建設業者だ。高速道路が初めて開通したのが東京オリンピック開催の前年であったことを思い出してほしい。復興は生活の根幹に繋がる施設から始めなければ意味がない。これは、すべて中小建設業者のテリトリーだ。なぜ俺がここで中小建設業者のことを言うかというと、それは地方では建設業が農業と密接に繋がっているからだ。農地改良、農業施設整備は建設工事であると同時に、それに携わったのは農閑期の農民だからだ。受注は建設業者だ。しかし、農作物が農地にある間は施工できない。このようにして建設事業は戦後ほぼ一貫して右肩上がりで増加してきた。勢い業者数も増える。建設労働者数は一時700万人という膨大な人数にまで増加していた。それが小泉内閣になってから5年目には公共事業費が一気にピーク時の三分の一にまで激減したんだ。一部には毎年5%の削減率はそれほど大きな数字ではないと思っている向きもあるが、それは大きな誤解だ。国の予算段階で5%削減すると、地方での発注時には削減幅が15%にもなる。それは工事発注にかかるコスト（公務員の人件費、設計費、事務費等）が固定費として変わらないからだ。だから、実質は毎年15%ずつ減っている事と等価なんだ。その上、政府の三位一体改革というゴマカシによって、国からの交付税交付金が大幅に減らされた地方は、極端な財源不足に陥り、地方単独事業はおろか折角付けられた公共事業予算の裏負担にも耐えられず、さらなる事業費減少に繋がっている。これでは業者数50万社は過剰であり、労働者数は半減させてもまだ余る。もちろん業界には談合体質という悪弊が存在したのも事実だ。だが、地方では労働力の多くが農民であり、収入の激減した農業経営においてそれを補う重要な現金収入源でもあったんだ。また、地方では都市と比較してインフラ整備が遅れている。この点は欧米各国とは大いに違うところだ。欧米では緊張とストレスを強いられる都市での生活を一定の年齢で終えると、引退してゆとりを持って生活できる地方でのんびりと余生を送る人が多い。そのためには、すべてが都市並みとはいかなくても、道路、下水道、病院などのインフラ整備はどうしても必要だ。その点日本は大変遅れている。また、田舎が豊かになれば、都市が機能を失った時に田舎が支えになるんだ。太平洋戦争時の疎開や関東大震災時の一時避難などだ。つまり、この狭い日本という国土のなかで1億3千万人近い人間が心豊かに、平和に暮らすためには、地方が都市と同じようにインフラが整備され、ゆとりある田舎生活が送れるようにしないと意味がない、という事だ。ところが現実はどうか。地方にとって不可欠な農業も建設業もほぼ崩壊しかけている。話は長くなるが、俺はこの前に、建設業で働く人たちの悲惨な現状をお前と一緒に考えた。そして最近その原因は何だろうかと考えてみたんだ。それはひと言でいうと、凄まじい過当競争が原因だという事だ。官製談合が自治体で頻発した結果、知事を中心にして自治体で一般競争入札制度が導入された。この制度は一見合理的に見える。だが、歴史的に考察すると、元は官公需は一般競争入札が原則だった。ところがこれを実施すると、力の強いものが勝つ、ヤクザや不良業者の入札参加が防げない、腕力によって受注した工事を、小規模の下請けに丸投げして暴利を貪る、という弊害が起こったんだ。このため入札前に参加させる業者をあらかじめ選定しておいて入札を行う、いわゆる指名競争入札が一般的になった。この制度は発注者が厳正・公正に業者選定を行えば、何の問題も起こりえない良い制度だった。それが、あろうことか、公務員への賄賂・癒着の温床になり、そこに目をつけた政治家が利権を食いモノにしたため形骸化してしまったんだ。だから必ずしも建設業者だけが悪い訳ではなかった。そもそも多額の費用を要する公共事業は不正の温床になりやすい。だからといって昔の一般競争入札に戻せば、すべてが解決するというのは余りに短絡的な発想だ。第一にただでさえ少なくなった工事に一件当たり60社を超える業者が入札に殺到し、競争になるから大幅に価格を引き下げなければ落札できない。その価格が低ければ低いほど労働者の賃金抑制や資材価格の値引き要求が常態化し、最後には手抜きという最悪の手段に出ざるを得なくなる。そうでもしなければ業者は、倒産に向けて真綿でじわじわ首を締められる蟻地獄に堕ちてしまう。納税者である国民にしてみても、いわゆる**安物買いの銭失い**、になるんだ。何のための公共事業かと言いたい」

藤巻は黙って聞いていたが、やおら口を開いて言った。

「だからといって、今さら公共事業を増やすという環境にはないぜ。そのうえ、地方の業者といえども、談合を繰り返して法違反を平気でやっているじゃないか。これは許される事じゃない」

「いや、俺はその事も調べてみた。すると、意外な事が分かった。日本の公共事業は総額で見ると、欧米各国と比較しても決して多いとは言えないんだ。だからといって公共事業を無制限に増やせばいいという事にならないのはもちろんだ。しかし、日本の優れた工業製品の生産を陰で支えているのは優れた品質の高い、整備されたインフラであるのもまた真実だ。地方は地方で、さっきも言ったように均衡ある国土の発展という意味で一定の公共事業は必要だ。だから、いまの経済財政諮問会議での結論のように、毎年数%ずつ公共事業費を削り続ければ、必ず社会資本の整備に齟齬（そご）が出る。それはいずれ日本の工業製品の国際競争力を無くす結果になる。実は今から30年ほど前に、アメリカが同じようなジレンマに陥った事がある。そのときある報告書が作成された。日本でも翻訳されて出版されたが余り注目されなかった。『荒廃するアメリカ』という本だ。俺はこれを読んで、愕然とした。当時のアメリカは今の日本と同じように財政赤字に苦しみ、止むを得ず公共投資額を大幅に削減したんだ。ところが旬年を経ずして、高速道路の劣化や整備の遅れが目立ち始め、穴ぼこだらけのマンハッタンの目抜き通り、さび付いた高架橋などを評して、**荒廃するアメリカ**と呼ばれるようになった。これに懲りてアメリカは直ちに公共事業の削減を止め、必要な事業は工夫をして実施するようにしたんだ。皮肉な事に国家財政は事業費を増やしたため、却って長年の赤字から脱却している。つまり公共事業を削減したから財政が良くなる、という事は幻想に過ぎない。必要な公共事業は、やらなければならないんだ。だからと言って、談合は許される行為ではない。また、無駄な工事は絶対にやってはいけない。国は2005年3月に『公共工事の品質確保の促進に関する法律』というのを成立させた。この法律の主旨は、公共工事は物品調達とは異なり、施工業者の技術力などで品質が大きく左右される。品質の良し悪しも完成後でないと分からない。このため施工業者の選定は一般競争、指名競争を問わず、慎重に行う必要がある。物品調達のように価格だけの競争では、適正な施工業者を選定できない、という思想が根底になっている。言われてみれば至極当たり前の事だ。これを受けて『総合評価落札方式』が導入されたんだ。これは画期的な入札方式といえるが、要は自治体のような発注者が適正に法の主旨を理解して、入札に臨むか、という事だ」

「分かった。だが、お前は農家や建設業者に肩入れをするためにこんな事を言っているんじゃなかろう？　要するにお前はその先に何が言いたいんだ？」

「もちろん、こんな事が俺が言いたい事の結論じゃない。まだ言い足りないが、結論を急ごう。始めに言ったように日本は意図的に破壊されようとしている。これは計画的に行われている節が感じられる。実態は欧米の、ある勢力だ。これはとんでもない、恐ろしい陰謀だ」

「ふむ、その事は今までのお前の話で何となく理解できた。しかしなあ、余り陰謀だ、破壊だ、と言われても凡庸な俺には今ひとつ具体的なイメージが浮かばない。もっと分かりやすく説明してくれ」

「わかった。少し話が回りくどく、分かりにくかったのは悪かった。だから、ここでこれまでの話を整理してみよう。まず、マインドコントロールだが、これは日本にマスメディアが発達して来た歴史と軌道を一にしている。その下手人は欧米のフリーメーソンを始めとする秘密結社だった。そしてそれが際立ってきたのが太平洋戦争以降だ。太平洋戦争はルーズヴェルト、即ち欧米の秘密結社の思惑によって始められた。どんな思惑か。それは世界を巻き込んだ大戦争を起こすことだ。それによって自分たちに世界の富を集中させ、資本主義と共産主義を意図的に対立させ、やがて世界を**社会主義**で統一すること。どういう社会主義かというと、New World Order（新世界秩序）という思想だ。ごく一握りの選ばれた人間が、残りの大多数の人間を支配するという、洗練された奴隷制というものだ。日本を除く他の世界においては概ねこの方向で計画が進められてきたが、日本は少しようすが違う。太平洋戦争後、奴らは日本が世界の他の国と異なって、高い能力を持った国家である事に気がついた。第一点が、日本人が独自の精神文化を持った神秘的な国である事。第二点が、国民全員が高い教育水準を持つ極めて知的水準の高い民族である事。そして第三点が、独自の歴史観を持つ国であること、などだ。これらの点は、いずれも奴らの世界統一政府樹立の野望を挫折させかねない可能性がある、と悟ったんだ。世界の中で唯一、原爆を二発も落とされたのはその可能性を摘む事が一つの目的であった事は確かだ。そして、次にやった事は日本人の精神性を破壊する事だった。俺が今日お前に言った、日本の復興の過程で精神性が疎かにされていった、というのはその事を指す。つまりこれは奴らによって仕組まれたものだ。かつて日本人の精神的バックボーンは『神の国日本』であり、それが強さと知性の源泉になっていた。それを鋭く見抜いた欧米の秘密結社は、二度とそういうものを発揮させないために、新憲法の中に信教の自由と、政教の分離を潜り込ませた。神道が戦争を推進した、というのは全くのこじ付けだ。なぜなら、太平洋戦争は日本の方から始めた戦争ではないからだ。信教の自由という文言を憲法にいれたのも、信教の自由を保証するというキレイ事ではない。外国の宗教（ローマカトリック）を始め多様な宗教を日本に持ち込み、日本人を思想的に分断させるために意図的になされたものだ。かのオウム真理教事件は真相が解明されないまま闇に葬り去られたが、俺の推測では、多分アメリカのＣＩＡが絡んでいたと思う。共産主義思想も意図的に日本に持ち込まれている。終戦直後、ＮＨＫには多数の共産主義者が意図的に採用された過去が存在するんだ」

「なるほど。それならよくわかった。俺は神仏を信じるほうではないが、死んだ祖父が、『日本には神風が吹くから絶対勝つんだ』とよく言っていたのを親爺がバカにしていたのを思い出す」と藤巻が言った。

三四郎は美味そうに地酒の杯をグイっとあおり、言葉を継いだ。

「政治の面では、これまで言ってきた通りだが、アメリカは打ち続く戦争で経済的に疲弊が募っている。そこで日本の富に目を付けた。プラザ合意も陰謀だったがバブルも陰謀だ。郵政民営化は最もはっきりした富の収奪だ。それはこれからも続く。きょう農業と建設業のことを掘り下げて喋ったが、これには意味がある。それは農協の持つ50兆円という資産と、減ったとはいえいまだ年間50兆円を超える規模を持つ建設事業の市場だ。アメリカはこれを狙っている。

その前に農業と建設業を叩き潰しておくために様々な策謀を巡らしたわけだ。一度アメリカは建設市場の解放を試みているが、失敗している。これは政治家（田中派）を中心として息のかかった官僚の抵抗が強かったためで、諦めたわけではない。内需拡大はその要求の表看板で、市場開放はＷＴＯの言い分だ。メディアが詳しい事情を何も報道してこなかったため、多くの日本人は国内の建設事業が彼らの標的になっていることすら知らない。だからこそ、田中派の国会議員は次々とターゲットにされ、田舎の小さな農家や建設業者は見殺しにされつつあるんだ。恐らく、農業と建設業に地盤を持つ自民党の国会議員は数年の内にいなくなるだろう。これは自民党の崩壊を意味する。小泉が自民党をブッ壊すと言ったのはこの事だ。郵政族議員は既にもう一人もいない。次は医療だ。これは既にアメリカの保険業界の餌食になりつつある。日本の医療制度はボロボロにされるだろう。アメリカの医療制度がどれほど酷いか。日本人はほとんど知らされていない。米国人口の20％に相当する５０００万人が無保険者だ。盲腸を手術するのに日本の5倍の費用がかかる、ちょっとした外科手術でも目の玉が飛び出るほどの金を要求される。アメリカで自己破産の大半の原因が高額な医療費が支払えないためである事を日本人は知らない。このような医療制度を日本は取り入れようとしているのだ。日本人は騙されている、としか言いようがない。まとめていえば、農業、建設業、郵便事業、医療保険制度のいずれもがアメリカの餌食になり、既にそのほとんどの資産がアメリカに流れてしまっているんだ。これをアメリカの陰謀と言わずして何と言うんだ？」

「分かった！　やっとお前の言いたい事がわかった。それにしても日本のマスコミはひどいじゃないか。こんな事を、俺は一度たりとも聞いた事がないぞ！」

「そりゃそうさ。マスメディアはカネと権力で操られているのだ。そして、真実を報道しようとした多くのジャーナリストが色々な汚い手段で抹殺されている。日本の検察や裁判所は奴らとグルだ。信用しちゃダメだ。最近では元早大教授の植草一秀氏がその例だ。植草元教授は痴漢容疑で4回も検挙された。いずれも冤罪（えんざい）の疑いが濃い。殺すのはわけない。しかし殺してしまえば植草という人物の社会的評価は残る。それほど植草氏の論拠は打ち消し難い説得力があった。痴漢容疑であれば植草という人物の評価は地に堕ちる。あんな奴の言う事など信用できるものか！　という風になる」

「ふーん、植草事件も陰謀だ、というんだな。奴らはどこまでやれば気が済むんだ？」

「俺が建設業の肩を持ったのも、メディアの報道ぶりが少し異常だと疑問を持ったからだ。メディアの異常ぶりは植草事件や鈴木宗男事件を見ればわかる。メディアは完全に権力の犬になり下がっている。これを元に戻す方法はない。庶民がメディアを信用し続ける限り、日本の未来はない。これは断言できる。だが、所詮、メディアは権力に飼われたイヌに過ぎない。権力が崩壊すれば彼らは路頭に迷うしかない。しかもその時は刻一刻と近づいているんだ。彼ら自身がそれに気付いていない。考えれば哀れなものだが、これこそ自業自得というべきだ」

「そうか。お前の見方は実に示唆に富んでいるなぁ。実は俺もお前が以前から余りにメディアの悪口を言うもんだから、本屋である本を見つけて読んでみたんだ。森達也という市民映画の監督と、森巣博というちょっと得体の知れない人物との対話形式で書かれた『ご臨終メディア～質問しないマスコミと一人で考えられない日本人～』（集英社新書）という本だ。その本のオビに刺激的な事が書いてあった。NHKの腐敗、フジvsライブドア、日本テレビの視聴率操作、悪名高い記者クラブ……マスコミの機能不全を徹底解読！とね。まさにお前がこの前から言っていた事をその通り書いていた」

今度は三四郎が驚いて言った。

「へーぇ、そんな本があるのか。俺は読んでいない。今度ぜひ読んでみよう。しかし、そんな本が世間に出るようになったのは、いよいよ〝百匹目のサル現象〟が始まった証拠だな」

「何だ？　その百匹目のサル、というのは」

「誰が言い出したか俺は知らないが、ある島に百匹ほどのサルの集団が群れを作って生息していたらしい。ある時、その内の一匹が芋を洗って口にする事を始めた。様子を見ていた他のサルが真似をして芋を洗って食べて見ると口がザラザラせずにうまく食べられる事に気がついた。そうして徐々に島中のサルにこれが広がり、百匹目のサルが芋を洗って食べるようになると、それからあっという間に日本全国のサルが芋を洗って食べるようになったという。これが百匹目のサル現象と言うんだ」

「なるほど。だが、それが何を意味するんだ？」

「人から人へある情報が伝わり始めると、最初は緩やかに伝わるが、ある一定のレベルを超えると、一挙に情報が広がる、という喩えだ」

「ふむ、そういう事なら、我々は真実を伝えるためには、周囲の一人から始めるべきだという事になるな」

「その通りだ。労を厭ったり、希望を失ってはいけないんだ。新平、今日はまだ時間があるが、俺の話をもっと聞く気はあるか？」

「うん、どうせ今日は泊まって帰るんだ。聞くよ」

「実はな、俺の今日の話はこれで終わりじゃないんだ。もっと続きがある。ちょっと小難しい話になるが聞いて欲しい。俺はこの世の中の動きについて、疑問を持っている事が他にある。

世界は、表があれば必ず裏があると言われる。それは真実だろう。だが、こういう見方は平面的だ。いわば二次元的なんだ。一枚の紙に表現されたものを、三次元世界にいる我々が見ると良く分かるものの見方だ。しかし、我々は二次元に生きているんじゃない。三次元から四次元に亘って生きているんだ。しかし、目だけは三次元しか見えない。だとすると、三次元を三次元から見たんでは見えない側面が必ず存在する。いや、本当は存在することすら理解されない。だが、これは存在しない、という事ではない。もう一つ上の次元、四次元世界から見ればどうなるか。四次元世界ではもう一つの次元は時間であるという。この際物理学的な説明は抜きにしよう。時間とは、過去、現在、未来の事だ。我々は現在に生きている。しかし、四次元の世界から三次元の世界を見るとしたら、過去も現在も未来も一緒に見えるんじゃないのか。俺はふとそう思ったんだ。そうするとどうなるか。現在というものは単独で存在しているのではない。偶然に現在の出来事が起こっているのではない。必ず過去の出来事が実を結んで現在がある。現在があるから未来もあるはずだ。考えてみれば当たり前の事だ。だが、俺はもっと深く考えてみた。二次元は単なる表象に過ぎないように、四次元も三次元と五次元の間に存在する橋のようなものではないのか。リサ・ランドールというアメリカの物理学者は、『異次元は存在する』（NHK出版・刊）で言っているが、異次元とは薄い膜のようなもので螺旋に巻かれたものだという。確かにそう思えるフシも感じられる。だが、俺は偉そうな事を言うようだが、半分は彼女の説に賛同できないんだ。なぜなら、彼女の学説はアインシュタインの学説の敷衍にしか過ぎないからだ。アインシュタインは光速は一定不変であること、エネルギーの保存則は絶対正しい、としている事だが、俺はこの二つは正しくない、と感じている。なぜなら、この二つの説は三次元的なものの見方が基礎になっているからだ。これが正しければ、人間に未来はない。袋小路に入ってしまうばかりだ。熱力学の第二法則、エントロピーの法則は、行き着くところはヒートデス（熱的死）しかない。この法則は三次元世界でだけ通用するのではないか、これは150億年という宇宙の年齢からすると馬鹿げている。恐らくこの地球に生命が存在する限り、地球は閉じられた系、太陽系として閉じられた系である限り、いつかはヒートデスに陥ってしまう。それで終わりなんだ。しかし、それはおかしい。なぜならいま現に地球は存在しているからだ。恐らく人間のものの見方で欠けたところがあるんだ。それは人間が生きているこの世界の隠れて見えない部分であると思う」

「おい、三四郎、訳の分からん事をいうな。俺にはチンプンカンプンだ」

「すまん、つい喋り過ぎた。だが、俺の言おうとしている事は、我々人類はいま、途轍もない大きな騙し絵の前に立って、茫然自失しているんじゃないか、と思う」

「どういう事だ？　それもさっぱり分からん」

「具体的にいうと、象徴的な事件を挙げてみる。例えば日本に対する二度の原爆投下を考えてみよう。確かにこれはアメリカが日本に対して投下したものに違いないが、一方でスターリンに対する警告でもあった事は先に言った通りだ。また、911テロもアメリカはこれを口実にしてアフガン、イラク攻撃を開始した。これらの悲劇的出来事は、もう一つの側面を持って起こったのではないか、という事だ。それは、このような悲劇がきっかけとなって、魂の目覚めが促されるのではないか、という気がする。という事は、我々人類は大宇宙におけるチェス盤の上で戦っている駒に過ぎないのかも知れない。はっきり言える事は、大宇宙は人類が考えるようなちっぽけな法則で動いているんじゃない。こんなちっぽけな閉じられた世界でしか通用しないような原理で宇宙が存在しているとしたら、我々の世界はとうの昔に存在を停止していただろう、という事だ」

「そう言われても、俺には何の事か、さっぱり分からん。それよりもお前がさっき言った、百匹目のサル現象を起こすには、どうしたらいいんだ？」

「バカにされても、嫌われても、場合によっては爪弾きにされようと、辛抱強く、真実を一人一人に説明していかなくてはならない。決して諦めない事が大切なんだ」

「それで？」

「そうするうち、ある一定の割合で真実を知る人が確保されれば、世の中はある日突然変化するようになる」

「そんな心もとない事でどうする。そんな事ではいつまでかかるか、分からんじゃないか！」

藤巻はどうしようもない、といった風情で肩をすくめ、ため息をついた。

「そのうち、何かが起こるかも知れない」

三四郎はポツリと言った。

終章

ベッドの脇に置いた携帯が、ブルブル、ブルブル……としつこくマナーモードで震えるのをぼんやりと感じながら、三四郎はいやいや目を開いた。夜光でちかちか光る目覚まし時計は午前3時過ぎを指している。覚束ない感じで上半身を起こして携帯を手に取り、目を細めて発信者名を見ると、相手は藤巻だった。相変わらず非常識な奴だとうんざりしながら電話に出た。

「もしもし……」

「三四郎か？　すまん。寝てるだろうとは思ったが、とんでもない事が起こったんだ。聞いてくれ」藤巻がいきなり**大声**でがなりたてた。

三四郎はムカッとして、「大きな声を出すな！　いま何時だと思ってるんだ。寝てるのは当たり前じゃないか！」と、しゃがれ声で文句を言った。

藤巻はそんな事は意に介さず、同じ大声で「おい、**ネサラ**って何だ？　もし知ってたら教えてくれ」と、続けた。

「何だ、夜中に。それも藪から棒に。ああ、知っているとも。教えてやるから後にしてくれ。俺は寝る！」

「ち、ちょっと待ってくれ。違うんだ。とんでもない事が起きたんだ。**アメリカじゅうが大騒ぎになっている。**ニューヨークの為替と株式市場が取引を全面ストップしているんだ。いや、コンピューターが取引を受け付けなくなって、データが入力できない。調べてみると、全世界の取引が同時に止まっている。日本でも同じ状態になっているらしい。なのに、コンピューターそのものは動いているんだ。原因が全く不明だ。民放の24時間テレビニュースのアナウンサーが何やら意味不明の事をわめいている。一部の連中が**ネサラが始まった**、と騒いでいるんだが何の事やらさっぱりわからん。さっき、わが社のニューヨーク支社から至急の問い合わせが入ったんだ」

「何だと？　そりゃ本当か！」

途端に、三四郎は完全に目が覚めた。

藤巻は勢い込んで続けた。

「本当だとも。もっとおおごとが起きているんだ。開いていたアメリカの都市銀行が、突如1000ドル以上の全取引を停止した。地方銀行も追随している。なぜだろうと思って原因を聞いたら、コンピューターが取引を受け付けない、と言うんだ。**ふざけるな！**　と一部の顧客が騒いだらしいが、現在調査中です、しばらくお待ち下さい、の一点張りなんだそうだ」

「ふーん！　で、他に影響は出てないのか」

「よくわからん。でも、一般市民からの不満の声は今のところないそうだから、現在は平穏なんだろう。日常生活に支障は起きていない。だが、不穏な動きもある、という噂だ」

「わかった。だがな、良く聞け。お前の言う通りだとすると、一連の事件には**宇宙人がからんでいる。**これから何が起きるか分からんから、至急できるだけ情報を集めてくれ」

「**な、何だって！　宇宙人だと？**」

「いや、お前には信じられないだろうが、ネサラというのは宇宙人が関係しているんだ」

「だったら、宇宙人の襲来ってことか？　もしそれが本当なら**宇宙戦争**の始まりだ。世の中がこんな状態なのに、このうえ宇宙戦争と来た日にゃ地球も終わりだ。頼むからこんな時に悪い冗談はよせ！」

「いいや、誰が好き好んでこんな夜中に冗談なんか言うものか。もともとお前がいきなり電話して来たんじゃないか。ネサラの始まりだと誰かが言ったそうだが、その言葉は誰でもが知っている訳じゃない。だが、安心しろ。宇宙人は**戦争をしに来た訳じゃない！**」

「だったら、余計にネサラってのは何の事だか知りたい。どうもカネに関することらしいんで、お前に聞いたら分かるかも知れん、と思ったから夜中だが電話したんだ」

三四郎はそんな言い訳はもうどうでもいい、と言いたげに少しイライラした早口でしゃべった。「ネサラとは**NESARA**といって、国民経済安全保証改革法＝National Economic Security And Reformation Actの略語だ」

「何だ？　それは」

「詳しい内容はあとでファクスしてやるよ。その文書のコピーが俺の手許にある。だが、それだけではアメリカの支社からの問い合わせの答にならんだろうから、お前のために簡単に説明しよう。Ａｃｔとなっているから法律なんだが、普通の法律とは違うんだ。一種の協定だ。しかも協定の相手は**銀河連邦**という宇宙人の組織だ。記録ではこれが成立したのは１９９８年となっている。当時のクリントン大統領が署名までした、れっきとした合衆国の法律だ。ただし、正式の発表が行われるまで凍結されている。そのうえアメリカ最高裁は厳しく緘口令を敷いていて、一般にはほとんど知らされていない」

「ふむ、で、内容は？」

「詳細は18項目以上にわたっている。大雑把に言って、まず第一に**違法な銀行業務を禁止し、**

ローン負債を停止・免除する。ローン金利というのは債権者に有利な計算方式になっていて債務者は違法に高い金利を払わされている、という観点に立っての措置だ。これによって個人負債はほぼ終了し、第三世界の諸国が抱え込んだ莫大な債務のほとんどが帳消しになる。第二に**ＦＲＢを廃止する。ＦＲＢ**はアメリカ憲法に違反して金と銀の裏付けのない不換紙幣を発行し、意図的に戦争を引き起こし、不当な利益を得ている。**ＦＲＢ**の廃止を受けてアメリカ財務省は憲法に則った兌換紙幣『レインボー通貨』を発行する。第三に**世界中で展開しているアメリカの違法な戦争行為を直ちに停止**する。米軍は状況の如何を問わず本国に引き上げる。第四に**ネサラ発表後１２０日以内に新しい大統領と議員を選出する。**大体そんなものだ」

「なんだって？　それはとんでもない法律じゃないか。その上、宇宙人との協定だと言うんなら、アメリカは奴らに戦争で既に負けたってことか？　それにこれが本当なら世界がひっくり返るぜ」

藤巻が、電話ではなくその場にいたら、恐らく本当にのけぞっただろう。それほど藤巻の驚きようは大きかった。

三四郎は続けて言った。

「決してアメリカは負けたわけじゃない。それ以上だ。アメリカは彼らに到底歯が立たない。

文明のレベルが違い過ぎるんだ。**宇宙人＝銀河連邦**がいま姿を現したという事は、何かのタイミングだったはずだ。彼らは人類と地球の将来を本気で心配している。また、今もし本当にネサラ宣言がなされた、としたら、相当以前から準備してきた結果だと思う。レインボー通貨はいつでも発行できるように、既に印刷が終わっているんだろう。それと１２０日以内に選挙を行い、新しい大統領と議員を選出する、とあるからブッシュは今後3日以内に逮捕もしくは大統領職を剥奪されるだろう。為替・株式取引が停止したのは、現行ドルと株の大暴落を予想しての事と思う。銀行も同じだ。これは正当な措置だ。誰がどうやってそんな事を可能にしたのかは不明だが……」

「それで思い出した。あと2時間ほどしたら、ブッシュの公式会見があるらしい」

「目下のところ、世界各地への影響を見極める事が急務だろう。特にネサラ宣言で不利益を蒙る可能性のある政権を始め、団体、企業、人物などがどう動くかだ。彼らに取っても死活問題だから、場合によってはドロ沼の戦いになりかねない」

三四郎はこう言い終えて、ふと携帯をみると電池切れの警報ランプが点滅していた。

「おい新平、俺の携帯の電池がもう切れる。すぐ充電して置くから、何かあったら電話してくれ」と言って携帯を切った。

三四郎は携帯を充電器に差し込んでからベッドの脇のソファにへたり込んだ。彼は身震いしながら考え込んだ。何で今のタイミングなんだ。彼らはすぐにネサラの事を説明するだろうが、世界中の人はそれを受け入れるだろうか。ネサラに反対する勢力もかなりいるだろう。それらの人間が無知な大衆を扇動して暴動を起こす可能性もある。三四郎は考えた。だが、いくら考えても、かなりの混乱は避けられそうにない、と気分が滅入った。

しばらくして、充電器に差し込んでいる携帯が鳴った。藤巻からだった。三四郎は今度は充電器につないだまま携帯に出た。慌てた様子の藤巻の声がいきなり飛び込んできた。

「もしもし、三四郎、大変な事になったぞ。アメリカの大病院のほとんどが入院患者と外来の診察を停止した。病院の入り口は急患を含めて外来患者でごった返している。それに、行政の窓口がすべて閉鎖された。苦情や問い合わせに応じ切れないためだそうだ。メディアはいまだにわけの分からない事をわめいているか、音楽を流したままだ。自動車工場は稼動していない。使用者側がピケットラインを引いて期間雇用労働者たちを排除している。お前も今すぐテレビのスイッチを入れて24時間テレビニュースのアメリカからの中継映像を見てみろ。やっ、いかん、映像が途切れた。中継回線が切られたんだ！」

「新平、心配するな。多分俺の想像だが、病人の治療はすぐ再開されるだろう。ただし、今までの病院でじゃない。そして、再開されると直ちに驚くような事実が判明するはずだ。少なくとも一両日中には、『特別のホログラムマークを付けた**星域なき医師団**』の大群が到着して診療を始める。そして、奇跡が起きるんだ」

「なにをノー天気な事を言っているんだ。病気の患者は時間なんて待っていられるか。すぐにも手術するか応急手当をしないと命が危ない患者もいるんだぞ」

「分かっている。直ちに処置が必要な患者にはその手筈が整っている。人工透析患者には新しい自分自身の腎臓が再生される。ガンは完全に除去されるだろう。彼らは医療の超テクノロジーを持った連中だ。少なくとも今までの病院治療よりは数百倍も優れた治療が受けられるから安心していい」

「そんな事は、俺にはノー天気な話にしか思えん。医師の免許さえ持ってないんじゃないのか。それに腎臓が再生されたり、ガンが消滅したりする話はインチキ宗教のおかげ話と同じようなもんだ。そんな事はあり得ん！」

「ま、お前がこんな事を信用するとは思ってない。今まで『自動操縦』で生きてきた庶民は、そんな医療テクノロジーが存在する事は想像さえできないんだから、信じられないのも無理はない。だが、いずれその筋から説明があるだろう。それより、なんで今になって病院を閉鎖したかだ。治療が必要で命に関わる患者が多くいることは病院関係者自身がよく知っているはずだ。その上医師の中には患者の治療を停止する事に良心が咎める者もいるはずだ。にもかかわらず閉鎖したのは、彼らが闇の権力者に雇われていた証拠じゃないか。要するに患者のことなんか、どうでもいいんだ」と、三四郎。

「まあ、こんな議論は水掛け論だから止めよう。話は変わるが、ウォルマートなどの大手スーパーも閉店しているらしい。しかも、大手の物流会社に依存している中小のドラッグストアなどの小売店は品物の調達が遅れ始めている。庶民の食料や日常品が不足しやしないか、心配だ」

「それも心配ない。彼らのテクノロジーから判断して、食料や日常品の必要量は瞬時に調達して配られる。それよりも危惧されるのは、電力、水道、ガスなどの供給だが、この情報は入ってないのか」

「いや、今のところ言うようなライフラインの供給は問題ないようだ。それより、さっき言った不穏な動きというのは、胡散臭い暴動の噂があるんだ」

「それが、俺が一番心配している事なんだ。一部のバカが何も知らない庶民を扇動して無益な暴動を起こしかねない。それさえ治まれば、あとは彼らのスケジュール通りに事が運ぶだろう」

「おい、三四郎、俺のところへ来ないか。俺の家にはニューヨークの支社とのホットラインが設置してある。それよりも、俺はお前の沈着冷静な頭脳が頼もしい。傍にいてくれるとありがたい。俺は気が狂いそうなんだ」

「わかった。すぐ行く」三四郎は、いつもより念入りに家の戸締りをして、車で出かけた。道路は不気味に空いている。新平は気が狂いそうだ、と言っていたが、自分でさえ確信があるわけではない。それだけに不安感はあいつよりも強いんだ。そう思いながら、キッと前方を睨んみ、ハンドルを握り締めて藤巻のマンションに向かって車を走らせた。

しばらくノイズに埋もれていたテレビの画面が、いきなり明るくなり、ブッシュのやや憔悴した顔が写った。しかし、どうも様子がおかしい。チェイニーやライスのような政権幹部のいつもの見慣れた顔がどこにもない。演台にしろ、背景にしろ、かつてのような大袈裟な演出の道具立ては何ひとつなく、殺風景な灰白色で統一されている。それが却ってキリッとした威厳を醸し出している。皮肉なものだ。やがてブッシュが口を開いた。ちょっと吃っているのが可笑しい。

「皆さん、偉大なるアメリカ合衆国の名誉にかけて、私、ジョージ・W・ブッシュは、いまここに厳かにネサラの発効を宣言します。……（心なしか少し声がかすれている。それに意味不明の沈黙が少しの間続く）……いま、USA＝アメリカ合衆国は大変な危機に直面しています。多くの国民が犠牲にされた、あの忌まわしい911テロのあと、我々はこの地球上からテロという卑劣な行為を撲滅するため、正義の対テロ戦争を始めました。しかしながら、勇敢なるわが合衆国兵士の必死の努力にも関わらず、アフガニスタンとイラクにおける最近の戦況は、我々が当初考えていたよりも、有利に展開しているとは言えない状況に陥ってきました。また、初めは我々に協力的であったわが国の友好各国は、長引く戦闘のためか、厳しい世論の批判にさらされ、対テロ戦争に対して逃げ腰になってきつつあります。事ここに至っては、不本意ながら我々は対テロ戦争からの名誉ある撤退を選択することが、最良の……最も……　なに、もういいって？　誰が言っているんだ？……」（ブッシュは不安げにあたりをキョトキョト見まわしている……）途端にドタンバタンと物音がしたかと思うと突然画面が切り替わり、大柄で、若い、大変ハンサムな人物のにこやかな顔が写った。

「今、テレビをご覧のアメリカ合衆国並びに地球上の全世界の皆さん！　こんにちは。こんにちは、はプレアデス語で、『ププル　ピピプル　ピーニ』と言います。私は皆さんの呼び名で言うプレアデス星団のメローペという星からやって来ました。私は銀河連邦の地球防衛軍司令部・広報責任者の　○※△×□……（到底発音不可能な甲高い弾けるような音声）です。たった今、皆さんがご覧になったように、ゴマカシの選挙で大統領になっていたブッシュ氏は、つい先ほど職を剥奪され、逮捕されました。この事実は、法に明るい人なら、不当ではないかと疑問に思われるかも知れませんが、決してそうではありません。ブッシュ氏はこの会見の冒頭で『ネサラ』の発効を宣言しました。実はその瞬間に、ブッシュ氏は大統領の職権を失ったのです。ネサラという言葉は、多くの人が初めて聞く言葉だと思いますが、これはれっきとした法律です。なおかつ、我々銀河連邦とアメリカ合衆国とが正式な手続きを経て締結調印した宇宙平和協定でもあります。ただし、我々とアメリカとが戦闘行為を交えたということではありません。アメリカが平和裏に我々の提案を受け入れたのです。ネサラは、既にアメリカ議会の上下両院で可決され、クリントン前大統領が在任当時にサイン署名した正式の法律なのです。ただ、この法律が日の目を見るためには、大統領自身が公式に発効を宣言する必要がありました。それまでは極めて厳格に秘密が守られなければなりませんでした。そして、それが今日、日の目を見たことは、いま皆さんがご覧になった通りです。従って、ブッシュ氏が職を失う事は当然の結果であり、法に基づく正式な出来事であったわけです。

さて、当初この会見ではブッシュ氏が逮捕される事は予定に入っていませんでした。ブッシュ氏は、ネサラ発効宣言後、三日目に円満に辞職する事になっていたのです。我々は例えマヤカシであったとはいえ、ブッシュ氏の大統領であった事の重さを考慮して、名誉の辞職というセレモニーを演出しようとしたのですが、彼は、皆さんが今ご覧になったように、自らの立場を擁護しようとし、今さらながら自分に罪はないと開き直り、保身を画策しようとしたのです。彼の言い草ではありませんが、事ここに至っては、彼にこの会見を最後まで続けさせる訳にはいかなくなりました。我々は銀河連邦地球防衛軍の司令官に指示を仰ぎ、許可を得た上でブッシュ氏の逮捕に踏み切りました。

この事は、ネサラ宣言の内容に基づくものではありますが、ブッシュ氏逮捕の真の原因は、彼の、過去の忌まわしい数々の犯罪行為に存在しています。本当はネサラは、2001年9月11日に発効が宣言される予定でした。この日がどんな日であったかは、今さら申し上げるまでもありません。9月11日という日が選ばれたのには、理由がありました。アメリカ国民であれば誰でもご存知のように、911は救急の際に救急車を呼ぶための緊急通報電話番号です。母なる地球は今や瀕死の状態であり、一日も早く癒しの作業を始めないと手遅れになり、回復不能になる恐れが多分にありました。地球上に生きる全生命も運命共同体であり、同じく滅亡の危機にあります。また、地球という惑星は稀有の星でもあり、銀河系の中では子宮に相当する極めて大切な得難い存在でもあるのです。そこで我々は9月11日という日を象徴的に選んだのですが、卑劣にも彼ら、つまり、かつてアヌンナキというネガティヴな存在の手下であった、イルミナティと呼ばれる暗黒の秘密結社は、その当日にテロを起こすという許されざる行為に出たのです。この行為の真犯人はアメリカ政府が発表した、アルカイダやイスラム原理主義者ではありません。その全貌はブッシュ政権によって故意に隠蔽され、多くの人びとを騙しました。我々はもちろん事前にその企みを察知していましたが、あえて介入する事はしませんでした。それはなぜかというと、銀河連邦には地域紛争に不介入という大原則があり、なおかつ、もし我々があの時介入してテロを未然に防いだとしても、アメリカ国民が我々に対して感謝する事はあり得ませんでした。それよりもテロを未然に防いだ英雄として、ブッシュ氏はさらなる国民的支持を拡大させ、ネサラ実現は遠のく結果となる可能性がありました。結果的には911テロは現実となり、却ってブッシュ政権の崩壊を早めました。この事は歴史上の皮肉として後世に残る事でしょう。愚かにも彼らは益々図に乗り、違法な戦争を次々と拡大していき、結果は今日ここに至って彼らは袋のネズミ状態に陥り、ネサラ発効宣言を受け入れざるを得なくなったのです。

それでは、ネサラとはいったい何なのでしょうか。それをこれからかいつまんでご説明します。詳しくは、今後行政機関から本文とその解説文を添付して皆さん方全員に配られます。

ネサラとは、NESARAといって国民経済安全保証改革法＝National Economic Security And Reformation Act といいます。これは先ほども触れましたように、銀河連邦とアメリカ政府とが正式な手続きに則って締結した、宇宙平和協定であり、国内的には、国民すべて、というより政府が守らなければならない法律です。そして、ネサラはアメリカ政府だけにとどまるものではありません。全世界の各国におのおのの草案が既に提示されており、多くの国が締結及び法律としての制定を承認しています。例えば、ロシア、インド、ベネズエラ、イランなどです。また、これに反対する不法な政権はすべて平和的な手段によって一掃されます。だからこそ、今回のネサラ発効宣言の模様は、全世界に向けて中継放送される事となった訳です。更に言えば、皆さんの知らないテクノロジーによって銀河宇宙全域にも中継されています。

地球上の全人類のみなさん！　我々は皆さん方の親愛なる友人であり、同胞であり、血縁です。とかく宇宙人というと、『宇宙戦争』とか『侵略者』とかいうように、恐るべき敵対者と思われがちですが、それは暗黒の秘密結社の逆宣伝です。すべて誤解です。このような誤解は、我々が地球に姿を現したとき、皆さん方を道連れにして、核兵器と、秘密兵器で戦いを挑もうとする彼ら＝暗黒の秘密結社の策謀でしかありません。彼らの破壊的兵器は我々の手ですべて無効化されました。もう皆さん方は安全です。

さて宇宙にはアカシックレコードという完全な歴史記録が存在しています。いずれ皆さんはこの記録に基づいて正しい歴史を学ぶ機会があると思いますが、これを紐解くと、皆さん方自身もかつては宇宙人であり、はるか遠くの星々から地球に移り住んだ存在だった事がわかります。途中でアヌンナキと呼ばれる暗黒の存在から、限界ある意識につき落とされ、奴隷のように搾取され、操られて今日まで地球に縛り付けられて暮らしてきたのです。その方法は『騙し』であり、手口は極めて巧妙でかつ微に入り細に亘っています。

その第一は歪められた宗教です。古代ローマに源を発する欺瞞に満ちたキリスト教会、即ちバチカンはその最たるものであり、ネサラの主旨の徹底が始まると同時にその活動が禁止され、組織は解体されます。これは一神教として存在する他の宗教教団もすべて同様です。一神教は宇宙の原理に背くからです。神という存在は皆さん方一人一人の内にあり、皆さん方自らが見出すものです。極言すれば進化によって皆さん方一人ひとりが神という存在になり得るのです。

そう言う意味では初期キリスト教のグノーシス思想は全く正しかったのですが、権力と結託した教会主義の偽装キリスト教徒が力でグノーシス派をおとしめたのです。

第二に歪められた科学思想と歴史観です。ダーウィンの進化論は正しくありません。人間はサルから進化したのではないのです。生涯伸び続ける髪の毛や爪は他の動物には見られない現象です。根本的には皆さん方のＤＮＡは地球のものではありません。また、闇の権力者の手先であったアインシュタインは天才ではありません。彼の使命は、偽りの科学理論によって宇宙は人類にとって超えがたい距離と時間であることを皆さん方に信じ込ませる事でした。重力の法則は宇宙ではごく普通に理解される知識ですが、彼はその理論さえ体系化する事ができませんでした。また、光の伝播の速度が毎秒30万㎞というのは最も見え透いた欺瞞です。これらの欺瞞は人類の意識が宇宙空間の果てまで広がるのを逸らせるためです。いずれはこのような欺瞞は見破られる時期が来るのですが、我々はそれまで待つ事が出来なくなったのです。その理由はあとで述べます。いずれにしてもアインシュタインは単なるピエロに過ぎませんでした。彼が撮らせた最も有名な写真に、大きく舌を出してアカンベーをしたものがありますが、あれは彼の本性を如実にしかも象徴的に表しています。笑えるのはこの写真が麗々しく学校の物理の教科書に載せられている事です。これはあたかも人類の無知を嘲笑しているとしか思えません。実は人類には本物の天才がたくさん現れていました。しかし、彼によって真実が暴かれるのを恐れた暗黒の秘密結社は、都合の悪い天才をことごとく抹殺してきました。彼らのやり口は全くフェアではありません。

さらに、歪曲された歴史は、皆さん方が教育現場で教えられた歴史のほとんどに及びます。人類発生の歴史、文明の発達の歴史はいうまでもなく捏造されています。その他の歴史も勝者や権力者によって都合のよいように書き換えられています。しかし、先にも言いましたように、宇宙には完全な歴史記録としてアカシックレコードというものが残されています。皆さん方がこれを基にして正しい歴史を学ぶとき、いかに教えられた過去の歴史が歪曲されてきたかを知って仰天する事でしょう。皆さん方の驚く姿が目に浮かぶようです。

第三に、皆さん方を操る方法として、貨幣経済があります。言うまでもなく資本主義と共産主義とは二律背反性を使った闇の権力者たちの偽装です。共通点はどちらの思想も人類を奴隷化するという結末になる事です。彼らは巧妙にもどちらが勝ち残っても、結果が同じになるように図ったのですが、たまたまこの地球では資本主義が勝ち残りました。この明らかな事実を誰も気が付きませんでした。この偽装されたイデオロギーによって幾多の戦争がでっち上げられましたが、真の勝者はいつも圧倒的な富の保有者でした。この中心的役割を果したのが、F

RBを始めとする各国の中央銀行です。FRBは戦争を引き起こす時限装置のようなものです。皆さん方はもう貨幣経済の欺瞞に気付いてもよい時期にきています。ネサラの狙いはこのような貨幣経済を終焉させる事を含んでいます。本来は皆さん方が平等に保有すべき地球上の富は、現在信じられないようなごくひと握りの人間に偏在しています。この事は早急に是正されなければなりません。所得税も、ローンに課せられる利息も、低く抑えられた賃金も、すべて違法なものです。これを合法だとする手口は皆さん方が知らない内にかけられたマインドコントロールによるものです。メディアがその手先です。

第四に、皆さん方を操っているのは医療とエネルギー問題です。基本的に皆さんは病気になる事はあり得ません。昔、我々の仲間であった、ある魂が仏陀として地球に転生して行きました。彼は皆さん方に対する教えの中で、四苦八苦と言って、人間がもともと持っている苦しみの一つに病気を挙げました。これはあくまでも人間の現実を述べただけなのであって、克服できないものである、とは決して言っていないのです。基本的に四苦八苦のすべてがそうです。死でさえ克服できないと言う事はありません。仏陀がこの地球を去ったあと、皆さん方の祖先が誤解したのです。皆さん方はもともと病気になるようには出来ていません。自然治癒力が皆さんのDNAに組み込まれて生まれて来ているのです。そうはいっても、現在の皆さんの健康状態は極めて憂慮すべきものです。この原因はすべて人間が前後を省みずに作り出した有害物質による環境汚染がもとになっています。水や空気はいうに及ばず、間接的に汚染された食物、騒音、電磁波さえも皆さん方の肉体に悪影響を与えています。この中で特に見過ごされているのが騒音です。皆さん方の肉体は無数の生きた細胞によって構成されています。その一個一個が微妙なバランスでハーモニーを奏でながら振動しており、まさに生きて歌を歌っているのですが、それが車の出すエンジン音、タイヤの軋り音、ハードロックやヘビーメタルなどの不協和音のかたまりの様な現代音楽、このような不快な音にさらされ続けていると、細胞は大きなダメージを受け、最後には破壊されてしまいます。また、脳にも深刻な悪影響があります。皆さん方の中には車に乗ると人が変わったようになる人が時々います。これはよく知られていませんが、車の発する騒音・振動が原因で人格に変化を来たすのです。イライラする、必要以上にスピードを上げる、他の車が自分の針路を妨げたり追い越したりすると、異常に腹が立つ、というのはこのためです。そして遂には事故を誘発して自分を傷つけるか、他車を傷めて、後で後悔するはめに陥ります。普段おとなしい人でもこのような傾向になるから不思議だと思われていますが、騒音が人体に与える悪影響を考えると、至極当然なのです。さらに、薬物による皆さん方の肉体への汚染も深刻です。抗うつ薬のＳＳＲＩ、子供のＡＤＨＤ治療薬のリタリン、これらは覚醒剤の一種です。風邪薬のタミフルは脳に深刻な悪影響がありますが、もっと憂慮すべきは体温低下の作用です。この薬は人間の活力を奪う猛毒なのです。その他多国籍企業といわれる製薬会社が作り出した薬はそのほとんどが深刻な副作用をもたらし、人間に薬効よりも薬害を与えます。それから、隠蔽されてはいますが皆さんが吸っている紙巻タバコの巻紙には、ごく微量のヘロインが含まれています。タバコそのものは依存性はごくわずかです。皆さん方が喫煙という悪癖を止められないのはこの麻薬のせいです。さらに言えば、麻薬ビジネスは現代も続けられている暗黒の秘密結社の大きな資金源であり、ＣＩＡを始めとする各国の諜報機関はそのような違法な手段で得た資金を使って、裏で世界を動かしているのです。

もうひとつ、皆さん方の健康を脅かすものが存在します。それは暗黒の秘密結社が企んで作り上げた、生物化学兵器である、人工の病原体ウィルスです。エイズ、肝炎、インフルエンザ、ポリオ、などの変異したウィルスは造り替えられ強力化したものです。最も最近のウィルスは、Ｈ５Ｎ１型鳥インフルエンザウィルスの変造された新型インフルエンザウィルスです。このウィルスは黄色人種に猛威をふるう可能性があり、凄まじい勢いで蔓延する恐れが大ですが、我々は近く無力化する予定です。また、過去に使用された病原体ウィルスはすべて我々の下に治療法が存在していますから、もう恐れる事はありません。安心して下さい。

では、なぜ闇の権力者たちはこのような企みをするのでしょうか。それは皆さん方を回復不能な病気にして、治療費と称して富を収奪するためです。重い病気の治療には多額の費用がかかる、と皆さんは思い込まされているからです。

我々はネサラ発効宣言に先立って、地球上のインターネットに接続されたすべてのコンピュータを制御して1000ドルを超えるすべての金銭取引を強制的に停止させました。これは為替と株価の人為的操作を防ぎ、異常な乱高下を防ぐためでした。コンピューターの操作は彼らの意図的な詐欺行為を防ぎ、極限まで偏在する富の再配分を企図した予備的手段でもあったのですが、思わぬ副次的効果をもたらしました。大病院のほとんどが機能を停止するという、異常な事態、これは暗黒の秘密結社の最後の抵抗と思われるものでしたが、このために重篤な患者の治療が滞るという事態に対処するため、銀河系の多くの惑星から派遣されていた治療のボランティアが駆けつけて、瞬く間に超テクノロジーによる治療が施されました。このためこれまで治癒を諦めていた患者まで完治し、治癒した患者が喜びの声を周囲に伝えた事が、結果として起こりかけていた暴動を沈静化させました。我々の意図が庶民に理解され、浸透し始めたためです。

次にエネルギーと資源の問題です。化石燃料はもうほとんど枯渇しかかっていますが、石油は地球にとって皆さん方の血液と同じものです。また、地殻とプレートを繋ぎ止めている粘性物質でもあります。この石油が近代の産業革命以降急激に人類によって抜き取られたため、大きく地球の活性が失われ、生命力が損なわれました。さらに地殻の緊結力が大きく失われたため、巨大地震が頻発する恐れが増えています。反面、人類は化石燃料に依存する度合いがますます大きくなり、もはやそれ無しでは社会が機能を失う可能性が高まりました。しかし、石油は人類のために存在するのではありません。母なる地球は生きとし生けるものすべてに恵みを与え、愛を満遍なく与えて生命を育んできましたが、もう限界に達しています。

これに加えて暗黒の秘密結社は、石油価格まで富の収奪手段に悪用し、原油価格の暴騰を捏造しています。最近では1バレルあたり100ドルを越えるのは時間の問題となりつつあります。地球の経済は破裂に向かってさらに臨界点に近づきました。こんな事態はいつまでも続きません。

このままで推移すれば、人類はエネルギー問題で滅亡する他ありません。ではこのまま手を拱いて成りいきに任せるしか方法はないのか、というとそんな事はないのです。先ほども少し触れましたが、人間の科学知識は退化しつつあります。真の天才科学者を闇の権力者たちが抹殺してきたためです。地球に汚染を残さず、かつコストのかからないエネルギーが存在するのです。そしてその技術は既に確立されているものです。暗黒の秘密結社はこの技術が表面化すると、自らの存在が脅かされるため、これまで必死になってこの技術の隠蔽を図ってきました。主にメディアと教育を使い、フリーエネルギーの存在をマインドコントロールによって覆い隠してきたのです。思い出してください。アメリカの初等教育のカリキュラムは、闇の権力者の中枢を形成するロックフェラー一族の隠れ蓑の教育財団で作成されてきた、という事実を。この教育財団のマニフェストを読んでみると、その欺瞞に気が付くはずです。

翻って考えますと、人類にのみ地球の資源を独占する権利はありません。かつては広大に広がっていた森林は地球の肺です。皆さん方に不可欠な空気も地球の外側を取り巻くオーラの一部です。この事からもお分かりのように、皆さん方を含むすべての地球の生命体は、母なる地球に生かされているのです。また、地球でさえも宇宙に遍満する星々のひとつに過ぎないのであり、太陽系、またそれを含む恒星系、そして銀河系の一部なのです。つまり、皆さん方が個人の所有物として錯覚していたものはすべて宇宙の共有物なのです。クジラ目の動物や巨樹のような植物はすべてこの事を心得ています。

あらためて申し上げます。母なる地球は生きた存在です。いまこの地球は病んでいます。いま最も急を要するのは肉体の一部を皆さん方に略奪され、汚染された地球そのものの治療です。

地球に住む全生命が保護されたなら、地球は直ちにその姿を変え、次元上昇する定めになっています。その前に徹底的な治療が必要なのです。この治療はすでに皆さん方の手には負えません。我々を以てしても、数多くの超テクノロジーと時間を要します。地球の次元上昇のタイムリミットは2012年12月21日です。これから逆算して今がネサラ宣言の最後の機会でした。ひとつ言い残していた事があります。それはネサラの発効を宣言する前に、地球が銀河系のある帯域に突入した天文学的現象が存在することです。皆さん方の未来を警告する人たちの中ではこれを『フォトン・ベルト』と言っています。これは単に光の帯の中に突入したとだけ捉えると誤解が生じます。フォトンは『光子』ともいいますが、これは一種の広範囲なエネルギーです。マイナスの電荷を持つ電子と、プラスの電荷を持つ陽電子とが対になって消滅し、同時にフォトンを発生する現象で、銀河系のある帯域で雲のようにこの現象が常時生じている部分があるのです。この部分には地球が26000年ごとに遭遇し、通過するのに2000年かかるのです。これは単に光の帯の空間に突入する事だけを意味するのではありません。皆さん方がフォトン・ベルトと思われている宇宙空間は、光のほかに、目には感じる事ができない特殊な波動の影響が存在するのです。その作用は広範囲に及ぶのですが、皆さん方に最も象徴的に表れているのが、顕現の作用とも呼ぶべきものです。一般的に光が闇を照らすと、隠されていたものが明るみに出ます。先ほどもフォトン・ベルトの光は目に見えるものだけではない、と申し上げました。つまり、フォトンのエネルギーは人類の人事全般すべての闇にも光を当て、隠されていたものを表面化させる作用があるのです。

現在、地球上のあらゆるところでこの作用が表面化しています。これまで隠されてきたあらゆる不正、ゴマカシ、デタラメ、陰謀、秘密などが表面化しています。暗黒の秘密結社の全貌が明かされたのもこの影響です。フォトンの波動の作用は人間の肉体にも及びます。意識の拡大とともに、これまで分からなかった事が分かるようになり、心の闇も消えていきます。体の一時的不調もおこります。頭痛、不眠、耳鳴り、不定愁訴などです。また、意識の周波数上昇がおこり、人間の次元上昇の準備が始まります。

最後に、これまで皆さん方を苦しめてきた個人負債の問題について触れます。ネサラ宣言には『豊饒プログラム』の実施が定められていますが、これは今後できるだけすみやかに、皆さん方に有り余るほどの資金を提供しようとするものです。このお金は皆さんが贅沢品を買ったり、不正な蓄財に廻すために与えられるお金ではありません。これまで皆さんを苦しめてきた債務の整理に使われることを想定して与えられるものです。皆さんの中には、不法なローンや税金などの支払いのため止むを得ず借金を重ねたり、あるいは政府の不誠実な政策によって事業に失敗して多額の負債を抱え、前途を悲観して自ら命を断った人が実に沢山います。このような悲劇を二度と繰り返さないために皆さん方に与えられるものです。この資金は以前のように不換紙幣ではありません。一握りの暗黒の秘密結社が不法に蓄財していた莫大な富を解放して与えられるのです。従って、金、銀、プラチナなどの貴金属に裏付けられた兌換紙幣であって、インフレの心配は全くありません。この資金を我々が作成した豊饒プログラムに従って配布するのです。ただし、我々は皆さんのお金の使い方を厳正にモニターします。一人一人の遺伝子コードをコンピューターに入力し、個人を特定してモニターしますから、例の日本の年金問題の時のように行方不明になるような杜撰なシステムではありません。もし、詐欺的行為や不正蓄財があれば、皆さんが次元上昇する際に、次元のゲートで篩い落とされる可能性があります。皆さんの進化の足かせとなる恐れがありますから心しなければなりません。これは皆さんにお金の使用という悪弊を二度とさせないための配慮でもあります。皆さん方の未来にお金の使用という制度は一切ありません。必要なものは何でも、それこそ文字通り何でも無料で手に入れる事ができるようになるのです。

　終わりに、地球の未来について触れておきます。ある時期が来れば地球は姿を変え、次元上昇の準備に入りますから、人類が住み続ける事は不可能になります。この事はネサラ宣言の大きな目的でもあったのですが、中にはネサラを否定する人も、次元上昇の資格のない人もいます。この人たちのために、三次元の別な地球と瓜二つの惑星が用意されています。また、皆さんが次元上昇を選択するのも自由意志です。次元上昇を選択した人は、準備（波動調整）を経て宇宙空間か空洞地球内に避難します。そのどちらも溢れるばかりの『愛』で、新しい世界の入り口で、懐かしい人びとに迎えられ歓迎されるのです……」

三四郎は、ふと藤巻を見た。彼も目線を感じて三四郎を見返した。二人は互いに無言で頷き、すでに夜が明けた窓の外を見た。ここ日本はアメリカとは遠く離れている。時差もある。しかし、ネサラのニュースは日本にも大きなインパクトを以て報じられたに違いない。そして概ね好意的に受け止められたようだ。その証拠にここ大阪市内では大きな混乱は見られない。だが、これから社会は根底から変えられる。その過程で様々な混乱が生じ、ゴタゴタが起きるだろう。まさに何が起きるか見当もつかない。宇宙人が白昼、目に見える形で、しかも堂々と現実の社会に現れるなどと、いったい誰が想像できただろうか。これを称して、驚天動地というのである。

しかし、考えてみると、これまで平穏無事に過ぎてきた日々が、続き過ぎたような気もする。我々人類の無知と思い上がりは度が過ぎた、ということだ。さっきまで話をしていたテレビでプレアデス人は、ごく普通の人間の姿をしていた。エイリアンらしくもETらしくも見えなかった。彼らが人類に危害を与えるとは思えない。こうなれば、意を決して彼らの言う通りにするほか手段はない。

三四郎は、ついこの間まで、腹を立て、蔑（さげす）んでいた日本のかつての幹部、特に小泉とTについて、いつの間にかそういった気持ちが失せているのを不思議に思った。彼らにしても、この劇的なドラマのひとつの道具立てに過ぎない事が分かったのである。まるでジグソーパズルの最後に残ったピースをはめ込むように、筋書きの出来上がった物語の、単なる登場人物の一人なのだ。もし、かの「聖書の暗号」が本物であったら（もちろん本物ではないが……）、歴史を作り上げている全知全能の造物主が、小泉やTを点景の一つとしてドラマに配置しただけなのだ。

それにしても、三四郎は奴らと一緒に新しい世界に行くのは御免だと思った。行くにしても、あれほど苦しめた日本人に対してカルマの清算をしてからにして欲しいと思う。

外を見ると、明るい太陽が降り注いでいる。いつものような不快な騒音は聞こえない。もしかしたら、もう銀河連邦の地球の癒しの作業が始まっているのかも知れない。三四郎は藤巻のマンションのゆったりとしたソファに身を沈めて、やっと解放された気分に浸った。そのうち不覚にもウトウトし始めた。眠りはやさしく、甘美だった。無理もない。彼は夜中の3時に叩き起こされたのだ。

了

Initiates new U.S. Treasury Bank System in alignment with Constitutional Law
憲法にふさわしい新しいアメリカ財務省銀行システムを始めます
Eliminates the Federal Reserve System
連邦準備制度を廃止します
Restores financial privacy
金融財政に関するプライバシーを元に戻します
Retrains all judges and attorneys in Constitutional Law
全ての裁判官と弁護士を憲法の精神にのっとって再教育します
Ceases all aggresive, US government military actions worldwide
世界中で展開されている米国政府のあらゆる攻撃的な軍事行動をやめさせます
Establishes peace throughout the world
世界中の至るところで平和を確立します
Initiates first phase of worldwide prosperity distribution of vast wealth which has been accumulating for many decades
何十年もの間に蓄積された莫大な富を世界的な繁栄のために再分配する最初の段階を始めます
Releases enormous sums of money for humanitarian purposes
人道的な目的のために巨額の資金を放出します
Enables the release of new technologies such as alternative energy devices
代替エネルギー装置のような新しい技術を公開できるようにします

世界の恵まれない人たちに資金を提供するプログラムの最後の段階は、現在臨界質量に達しています

我々の地球同盟者に承認された上記のプロジェクトは、これまで皆さんをコントロールしてきた闇のエージェントを光に変えて新しい現実を創り出すことができます。

参考資料（「ムーアセンション予定表」〈明窓出版〉より）

「国民経済安全保証改革法」NESARAは地球上のすべての人に以下のような利益を提供します

http://www.nesara.us/pages/history.html

Forgives credit card, mortgage, and other bank debt due to illegal banking and government activities
違法な銀行業務と政府活動に由来するクレジットカード負債、抵当その他の銀行負債を免除します

Abolishes income tax
所得税を廃止します

Abolishes IRS; creates flat rate non-essential "new items only" sales tax revenue for government
ＩＲＳ国税庁を廃止します。重要でない「新しい品目のみ」政府の消費税収入として均一な比率で課税対象にします

Increases benefits to senior citizens
高齢者の収入を増やします

Returns Constitutional Law
憲法を本来の状態に戻します

Establishes new Presidential and Congressional elections within 120 days after NESARA's announcement
NESARAの発表後、120日以内に新しい大統領と議員を選出します

Monitors elections and prevents illegal election activities od special interest groups
選挙をモニターして、特別利益団体の違法な選挙活動を防ぎます

Creates new US Treasury currency, "rainbow currency," backed by gold, silver, and platinum precious metals
金、銀、プラチナ、貴金属に裏打ちされた新しい米国財務省通貨「レインボー通貨」を発行します

Returns Constitutional Law to all our courts and legal matters
我々の全ての法廷と法律問題に元の憲法を適用します

四国四県の年度別「件数」「請負金額」推移

◎請負金額は平成10年度、件数は平成11年度がピーク
請負金額は8年連続減少で、ピーク時の36．8%(18年度)

(単位：件、百万円)

	件数	前年対比	請負金額	前年対比	
平成 9年度	23,716	107.1%	1,131,032	103.1%	
平成10年度	26,032	109.8%	**1,274,016**	**112.6%**	**100.0%** ※
平成11年度	**26,055**	100.1%	1,107,394	86.9%	86.9%
平成12年度	23,798	91.3%	927,253	83.7%	72.8%
平成13年度	23,430	98.5%	862,185	93.0%	67.7%
平成14年度	21,379	91.2%	789,589	91.6%	62.0%
平成15年度	19,641	91.9%	678,049	85.9%	53.2%
平成16年度	22,223	113.1%	646,082	95.3%	50.7%
平成17年度	19,387	87.2%	554,504	85.8%	43.5%
平成18年度	**15,689**	80.9%	**468,228**	**84.4%**	**36.8%**
平成19年度	6,751	90.8%	244,649	96.4%	21.6%

※平成19年度は9月末現在(前年同月比)

	請負金額
H9	**1,131,032**
H10	**1,274,016**
H11	**1,107,394**
H12	**927,253**
H13	**862,185**
H14	**789,589**
H15	**678,049**
H16	**646,082**
H17	**554,504**
H18	**468,228**
	244,649

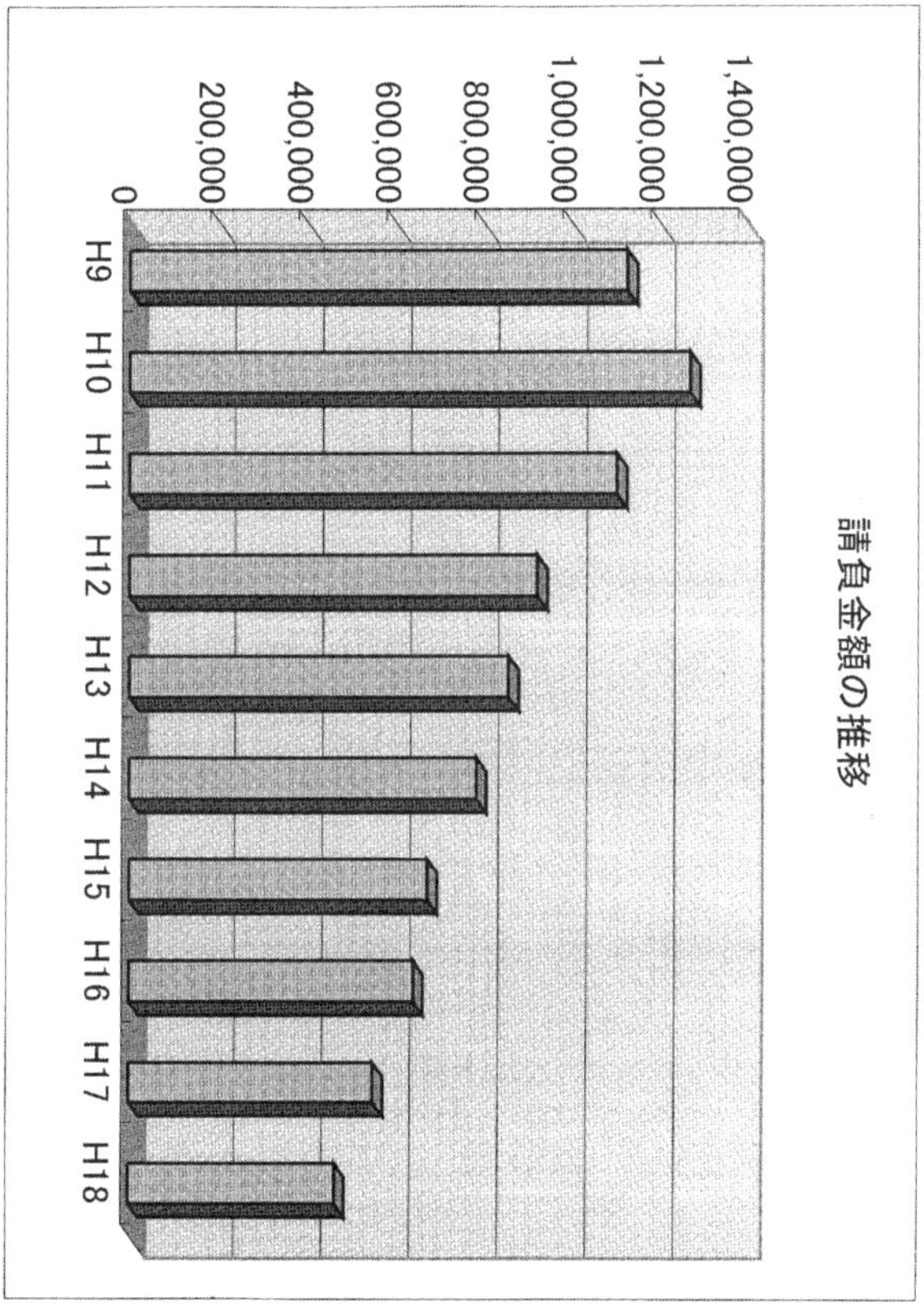

【出所：西日本建設業保証(株)】

あとがき

ヤヌスの由来については、驚くべき指摘がある。「……ニムロデはまた、のちにローマ人たちのあいだで、ヤヌスとして知られるようになる双面の神『エアヌス』でもあった……」（デーヴィッド・アイク著「大いなる秘密・上」爬虫類人：三交社・刊）

ニムロデはバビロンの創始者であり、「巨人族」の男であり、「強大な暴君」だったとも伝えられている。旧約聖書「創世記」によると、ニムロデの王国は当初、バビロンのアッカドを中心とするシュメールの地をその支配地域としていた。さらに、「ニムロデを頭とするシュメール人たちは、のちにティーターン族（タイタン族＝巨人族）として知られるようになった爬虫類人の血流であった。すなわち彼らはレプティリアン（爬虫類型異星人）の純血種……」（デーヴィッド・アイク著同上書）

私はこの事を知ったうえで、この本の題名を決めた訳ではない。今から25年ほど前、ユダヤ人であるアーサー・ケストラーの書いた「ホロン革命」（田中三彦・吉岡佳子訳・工作舎・刊）の原題が「ヤヌス」で、その内容に啓発されて名づけたのである。ケストラーはこの本の中で、

「善意に満ちた集団精神の恐怖」を取り上げ、宗教の破壊性が人類の苦境を招いた、と指摘している。すべてそれは組織の持つヒエラルキー、全体と部分との関係、この世のあらゆる現象には基本的両極性がある、と捉えて「ヤヌスの原理」を唱えた。つまり、ヤヌス神の持った双面性が大きなテーマとなっていた。この時私はヤヌスの真の意味を知った。人類の歴史に常に潜む二面性。歴史には明らかになった表（必ずしも真実とは言えない史実）の裏には必ず意図的に隠された真実が存在する。陥穽のメタファーは陰謀であり、「隠された陰謀」の意味を込めてこの本の題名を付けたのである。ケストラーは「ホロン革命」の日本語版の冒頭にこう書いている。「人間の進化、創造性、病理が、本書の主題である。本書はまた、人類が絶望を超えてとるべき道を、試みに提案するものである」と。ケストラーはこの本の発刊直後の1983年3月3日、皮肉にも人類の将来に希望はない、として、夫人とともに安楽自殺した。彼の遺作「ヤヌス」は人類に対する遺書でもあった。

考えてみると、ヤヌスとは陰謀の主（あるじ）というメタファーであった。これは一種のシンクロニシティであろうか。私はペンを走らせているあいだじゅう「神＝創造主」の見えざる力を感じていた。

もう一度繰り返そう。世界を陰から動かしている闇の権力の実体は「イルミナティ」と言われる暗黒の秘密結社である。だが、イルミナティにも主人がいる。それが「アヌンナキ」と呼ばれる爬虫類型異星人なのである。これを最初に唱え始めたのが、古代シュメールの粘土板を解読した、考古学者のゼカリア・シッチンであった。そして、デーヴィッド・アイクによると、地上に降り立って、人類の支配を画策したのがレプティリアン「アヌンナキ」であり、その象徴がニムロデ＝ヤヌスという訳である。

つまり、陰謀の主体はユダヤ人などではない。まして非ユダヤ人でもない。歴史の背後では隠れた黒い手（レプティリアン＝アヌンナキ）が絶えず蠢いていた、ということだ。

この本のカバーに掛けた帯をめくって見て欲しい。オリーブの小枝を銜えた鳩と、ユリの花が描かれている。オリーブの小枝は「ヤヌス」であり、それを運ぶ鳩は死と破壊のシンボルである。また、ユリの花は、レプティリアンの血流が支配する場所の象徴である。英国王室やその建物、教会、ホワイトハウスの正面ゲートなどにはユリの花の装飾が施されている。この世界は見た目とはまったく異なった寓意で満ち満ちている証拠である。そういえば、現在の法皇の綽名はマラキの予言によれば「オリーブの栄光」という。死と破壊のシンボルである「鳩」が銜えてきた小枝（ヤヌス）は、現法皇も同類であることを暗示している。

さて、テレビドラマや映画では、終わりの字幕のあとに「このドラマはフィクションであり、実在の人物や団体とは一切関係ありません」と表示される。しかし、著者はこの小説に関して、そんな言い訳をする積りは全くない。序章から終章まではすべて事実に、あるいは事実に近いと思われる推測に基づいて書いている。

にもかかわらず、終章は常識では考えられない結末になった。だが、一体、常識とは何だろうか。我々人類は、これまで常識というものに縛られて来たからこそ、現在のどうにもならない苦境（袋小路）に迷い込んでしまったのではないのか。

ネサラにも二つの説がある。しかし、読者の常識に反して、宇宙人が介在しないネサラは、皮肉な言い方だが、実現性はない。単にローンの計算式を変えたりＦＲＢを廃止しただけでは、人類がいま直面している苦境は乗り切れない。化石燃料の枯渇、食料危機、経済破綻、医療問題、環境汚染、これらのいずれを取っても解決は不可能である。それ以上に闇の権力構造は人類の現有する科学知識・精神力・社会構造を遥かに凌駕する銀河連邦でないと解体は不可能であろう。

信ずる、信じないは個人の自由だが、ネサラ実現とは別問題である。そういう意味では、この作品で描いた結末は唯一のものである。

えっ、あなたはそれでも信じられない？　そういうあなたは２０１２年で未来は終わる。その答はすぐに出される。

最後にこの小説を世に出すに当たって、二人の方に心からのお礼を申し上げたい。一人は建設業に関するデータにより、暴走しがちな著者を現実に引き戻して、建設業界の現状を解説された、西日本建設業保証株式会社の某県支店長、さらにもう一人は業界諸事情に詳しい建通新聞社の某県支局長である。このお二人については氏名の公表を差し控えることにするが、公私にわたって著者を励まし勇気づけて頂いた。

平成19年12月12日未明　東京にて

ヤヌスの陥穽（かんせい）

武山祐三（たけやまゆうぞう）

明窓出版

平成二十年三月十七日初版発行
発行者――増本　利博
発行所――明窓出版株式会社
〒一六四―〇〇一二
東京都中野区本町六―二七―一三
電話　（〇三）三三八〇―八三〇三
ＦＡＸ（〇三）三三八〇―六四二四
振替　〇〇一六〇―一―一九二七六六
印刷所――株式会社　ダイトー
落丁・乱丁はお取り替えいたします。
定価はカバーに表示してあります。

ISBN978-4-89634-232-1
http://meisou.com/

世界を変えるNESARAの謎

～ついに米政府の陰謀が暴かれる～

ケイ・ミズモリ

今、「NESARA」を知った人々が世直しのために立ち上がっている。アメリカにはじまったその運動は、世界へと波及し、マスコミに取り上げられ、社会現象にもなった。
富める者が世界を動かす今の歪んだ社会が終焉し、戦争、テロ、貧富の格差、環境問題といった諸問題が一気に解決されていくかもしれないからだ。近くアメリカで施行が噂されるNESARA法により、過去に行われたアメリカ政府による不正行為の数々が暴かれ、軍需産業をバックとした攻撃的な外交政策も見直され、市民のための政府がやってくるという。NESARAには、FRB解体、所得税廃止、金本位制復活、ローン計算式改定、生活必需品に非課税の国家消費税の採用など、驚愕の大改革が含まれる。しかし、水面下ではNESARA推進派と阻止派で激しい攻防戦が繰り広げられているという。

今後のアメリカと世界の未来は、NESARA推進派と市民の運動にかかっていると言えるかもしれない。本作品は、世界をひっくり返す可能性を秘めたNESARAの謎を日本ではじめて解き明かした待望の書である。

定価1365円